日曜日の王国

日向理恵子 作　サクマメイ 絵

PHP

日曜日の王国

装幀——こやまたかこ

日曜日の王国　目次

第1日曜日

第2日曜日

第3日曜日

第4日曜日

最終《さいしゅう》日曜日

第1日曜日

矢じるしをたどると

繭《まゆ》の部屋《へや》に本棚《ほんだな》はないけれど、壁《かべ》にはずらりと絵はがきがならんでいる。縦《たて》に、横に、きちんとならべて、押《お》しピンでとめてある。それは、ミニチュアの絵の標本《ひょうほん》みたいだ。

金色の魚、ぐるぐるの月夜、テーブルに三つ寄《よ》りそう桃《もも》の実。春の女神《めがみ》たち、夕暮《ゆうぐ》れの麦畑、青ざめた馬。遠雷《えんらい》と丘陵地《きゅうりょうち》、川辺《かわべ》のうららかな公園、むこうに森の見える窓《まど》。雨が近づくサーカスのテント、薄桃《うすもも》の衣裳《いしょう》を着た踊《おど》り子《こ》、帆《ほ》をたたんで夜明けを待つ船たち。

これはみんな、お母さんとふたりででかけた美術館《びじゅつかん》のおみやげ品だ。

真夏でも、悪天候《あくてんこう》の冬の日でも、休みの日には、しょっちゅうふたりで美術《びじゅつ》館《かん》やギャラリーへでかけた。バスや電車に乗って。有名な油彩画《ゆさいが》や彫刻《ちょうこく》作品の展《てん》示《じ》もあれば、絵本の原画展《げんがてん》もあった。巨大《きょだい》な絵も、絵の具がかわいてまもないような親しげな絵も、ふたりででかけてはしげしげと見いった。繭《まゆ》と絵を見るためなら、お母さんはでかける手間をおしまなかった。

繭が、小学四年生の冬までは。


秋のにおいがする。

そう感じたのは、カレンダーが、九月もそろそろおしまいだと教えるころだった。

繭《まゆ》の部屋《へや》の、窓《まど》の外。空の色が、うんと遠く、あっさりとしている。半分だけ開けていた窓《まど》から、そのにおいは流れこんできて、肺《はい》の奥《おく》までやすやすとゆきわたる。お腹《なか》の中身が宙《ちゅう》へ溶《と》けてしまいそうな、秋の空気の軽さは、体をすこし愉《ゆ》快《かい》に、すこし不安《ふあん》にさせる。

ベッドの上で目をさました繭《まゆ》は、もうふえない壁《かべ》の絵はがきを見て、かざした自分の手を見て、枕《まくら》もとの時計《とけい》を見て、ふう、と息をついた。窓《まど》を閉《し》めた。つるりと軽い空気は、もう肌寒《はだざむ》いくらいだ。

繭《まゆ》を呼《よ》びに、階段《かいだん》をのぼってくる足音は、九月の第二週にはもうしなくなっていた。

それまで、お母さんは学校へいく時間になると、毎日なんとかして繭《まゆ》の足を外へむかせようとしていた。繭《まゆ》がちっとも動こうとしないのがわかり、担任《たんにん》の先生がたずねてきて、それからお母さんは、繭《まゆ》を無理《むり》に学校へさそおうとはしなくなった。ただ、

「どうしてなの？　理由を言ってごらん」

お母さんもお父さんも、しばらくはことあるごとに、その質問《しつもん》をくりだした。

ポケットにいつもおしこめてあって、なにかの拍子《ひょうし》にぽとっと落ちてしまうハン

カチみたいに。

理由。学校へいかないための、はっきり説明《せつめい》のできる理由があったらどんなにいいだろうと、繭《まゆ》だって思っていた。

病気やけがで身動きがとれない。クラスのだれかにいじめられている……そんな理由が、繭《まゆ》にはなかった。

ただ、部屋《へや》からでられない。学校にいこうと思うと、胃《い》のあたりが鉛《なまり》みたいに重くなる。きしきしと、細い糸がからみついたように、体と心が動かない。夏休みがおわったとたん、それははじまった。

（なんでだろう）

なぜ、こんなふうになってしまったんだろう。

それが自分でもわからないという不安《ふあん》が、繭《まゆ》の体をいっそう、こわばらせた。

トントンと、階段《かいだん》をのぼってくる足音がして、繭《まゆ》をぎょっとさせた。

学校にいくよううながされることは、もうなくなっていたのに。どうしてだろう。繭《まゆ》をなんとか動かそうと努力《どりょく》する、あのお母さんの苦しげな顔を、見なくてすむと思っていたのに。

また、学校へいってみようと言われるのだろうか。

子ども部屋《べや》のドアがノックされた。

「繭《まゆ》ちゃん？」

顔をのぞかせたお母さんは、動きやすそうなズボンに、長そでのシャツと生成《きな》りのポロシャツを重ね着している。

目をさましたまま、まだ枕《まくら》に頭をおしあてている繭《まゆ》に、どこか遠慮《えんりょ》がちな笑顔《えがお》をむける。部屋《へや》へは、はいってこずに。

「ごめん、今日《きょう》、アルバイトの人が急にこられなくなったって連絡《れんらく》があって、お母さん、かわりにお仕事にいってくるの。朝とお昼ごはん、冷蔵庫《れいぞうこ》にあるから、あっためて食べてくれる？　日曜日なのに、ごめんね」

それで、納得《なっとく》した。ううん、自分のかんちがいに、すこしぞくりとした。

日曜日だ。学校へいこうと催促《さいそく》されることなんて、そもそも今日《きょう》はない日なのだ。今日《きょう》が何曜日か、そんなこともわからなくなってしまっていた——そのことが、繭《まゆ》の胸《むね》の奥《おく》にじわりと焦《あせ》りを呼《よ》んだ。

お母さんは、平日、近くのちいさな本屋さんで、パートタイムで働《はたら》いている。動きやすいかっこうをしているのも、お仕事へいくためだ。仕事のとき以外《いがい》は、いつも、長いスカートをはいているから。

「……わかった。気をつけてね」

体を起こして繭《まゆ》が言うと、お母さんは短い髪《かみ》の頭をかしげるみたいにうなずいて、そして、でかけていった。

玄関《げんかん》に鍵《かぎ》をかける音がして、家のなかには、繭《まゆ》ひとりになった。

お父さんは、土日でもほとんどがお仕事だ。勤務先《きんむさき》は、おおきなメーカー。通《つう》勤《きん》に一時間近くかかるうえ、先月から仕事がぐっとふえて、帰りは夜中近くになった。だから、晩《ばん》ごはんも、繭《まゆ》とお母さんのふたりで食べる。夜も、ふたりだけでおやすみを言う。

ぶどうパンと、ヨーグルトとバナナ。お母さんが用意しておいてくれた朝ごはんをお腹《なか》にいれると、繭《まゆ》はまた自分の部屋《へや》へもどった。

顔を洗《あら》って、髪《かみ》をとかしても、頭がぼうっとしている。このところ、夜にうまく眠《ねむ》れないからだ。昼間、体を動かしていないせいだろうと、お父さんとお母さんが言う。

「散歩《さんぽ》にくらい、いってみたらいいだろう？」

そう言ったのは、お父さんだ。だけど繭《まゆ》は、家の外にでるなんて、とてもできないと思った。学校にいっていないんだもの。学校にいかない子どもが、昼間外にいるなんて、ぜったいにおかしい。

眠《ねむ》れない夜、繭《まゆ》は本を読んだ。一階のリビングに、おおきな本棚《ほんだな》が造《つく》りつけてあって、お父さんの本、お母さんの本、繭《まゆ》の本、三人の共有《きょうゆう》の本（図鑑《ずかん》や辞書《じしょ》や、画集）が、段《だん》ごとにいれられている。繭《まゆ》の段《だん》におさまっている本が、まだいちばんすくない。繭《まゆ》はそこから物語の本を部屋《へや》に持っていって、夜中に読む。だけど、明かりをつけているから眠《ねむ》くならないのかもしれないと思って、電気を消す。すると、お腹《なか》の底《そこ》がすうっとつめたくなって、頭のなかも体の表面も、見えない無数《むすう》の虫にかじられはじめるような気がして、こわくてよけいに眠《ねむ》れない。病院にいったほうがいいのかな、とお母さんが言っていた。とても疲《つか》れた顔で。

自分のことが話されているように思えなくて、まるで遠くに暮《く》らす親戚《しんせき》のことを心配しているみたいに聞こえて、繭《まゆ》は自分の耳も心も、信用《しんよう》できなくなった。

ベッドにのぼり、レースのカーテンを開けて外を見る。当然《とうぜん》だけれど、仕事へいったお母さんのすがたは、もう見えない。いつも、朝とお昼の中間のこの時間、ポメラニアンを三匹《びき》も散歩《さんぽ》させているおばさんがいて、繭《まゆ》はその犬たちを見るのを、ひそかな日課《にっか》にしていた。けれど……。

（あれ？）

おかしなものが視界《しかい》にはいった。犬たちじゃない。ふわふわと元気よく散歩《さんぽ》する三匹《びき》は、今日《きょう》はまだ通りかからないようだ。

矢じるし。繭《まゆ》の家のまえの、ゆるい坂になった道のかど、そこに立つ電柱の根もとに、まっ赤《か》なペンキで矢じるしが描《か》いてある。

きのうはあんなもの、たしかになかった。

矢じるしは大通りにでるのとは反対側《はんたいがわ》、住宅地《じゅうたくち》の奥《おく》へつづく方角をさししめしている。

だれが描《か》いたんだろう。なんのために？

ただのらくがきに見えなかったのは、その矢じるしの深い赤が、とても注意深い筆のはこびで描《えが》かれているように見えたからだ。

まるでだれかが、わかる人にしかわからない、秘密《ひみつ》の暗号を残《のこ》していったみたいに。

（外……）

繭《まゆ》の心臓《しんぞう》が、ドクンとはねた。

赤い矢じるしがしめす方向——そっちになにがあるのか、たしかめてみたいという気持ちが、頭をもたげた。

壁《かべ》のカレンダーを見た。勉強机《べんきょうづくえ》の目のまえにかかった、ちいさなカレンダー。

今日《きょう》は日曜日だ。

日曜日なら……学校へいっていない繭《まゆ》が、家から外へでたって、ゆるされるかもしれないと思った。ほんの、すこしだけなら。

（そう、お父さんも、散歩《さんぽ》くらいいいじゃないって、言ってた）

近所に、同級生の住んでいる家はない。学年のちがう子は住んでいるけれど、学年がちがえばほとんど別世界《べっせかい》の住人だ。声をかけられることも、たぶんないだろうと思った。

繭《まゆ》はうなずくと、カーテンをひいて、階段《かいだん》をおり、玄関《げんかん》へむかった。繭《まゆ》の靴《くつ》がならべて、だされたままになっている。最後《さいご》にはいたとき、水たまりのどろがはねたあとがあったはずだけれど、一度洗《あら》われたらしく、汚《よご》れはきれいに消えていた。

その靴《くつ》に足をいれて、繭《まゆ》は玄関《げんかん》の扉《とびら》を開けた。

風が、髪《かみ》の毛《け》を巻《ま》きあげる。風って、こんなに強いものなのだったっけ。もうすぐ腰《こし》までとどく繭《まゆ》の髪《かみ》は、思いきりよくなびいてから、また背中《せなか》へもどった。

繭《まゆ》を守るマントみたいに。

鍵《かぎ》をかけ、窓《まど》から見えた電柱のところまでいく。よく晴れて、あたりにひとけはなかった。

けっしてなくさないよう、鍵《かぎ》をポケットの奥《おく》へしまう。ほんの数歩でもどることになるかもしれなかったから、ハンカチもお財布《さいふ》も、お父さんがいつも持てと言う防犯《ぼうはん》ブザーも、持ってはいなかった。

しとやかな、深い赤の矢じるしが、坂の上をしめしている。繭《まゆ》はそちらへ顔をむけ、そして、目をまるくした。

また、矢じるしがある。

今度は、坂の右手のコンクリートの壁《かべ》に、夜みたいな紺色《こんいろ》の矢じるしが。その矢じるしも、坂の奥《おく》をさしている。

繭《まゆ》はひさしぶりに靴《くつ》をはいた足で、つぎの矢じるしに近づいていった。秋の軽い空気が、体までふわりと軽くさせる気がした。近づき、矢じるしのさす先へ目をやると、はたして、またつぎの矢じるしが描《えが》かれていた。

駄菓子《だがし》や野菜《やさい》も売っている酒屋さんの、店先のゼラニウムの鉢《はち》に、三つめはこつくりとしたミント色の矢じるし。

お庭の門のわきに置《お》かれた猫《ねこ》よけのペットボトル。駐車場《ちゅうしゃじょう》のフェンスの支柱《しちゅう》。売りにだされている空き家の、不動産屋《ふどうさんや》さんの看板《かんばん》のすみ。レモン色、枯《か》れ葉《は》色、するどい紫《むらさき》や、沈《しず》みそうな緑……およそあらゆる色を使って、ペンキの矢じるしはつづき、繭《まゆ》はどんどんそれをたどっていった。どこへつづいているのかという興味《きょうみ》は、もうとっくに忘《わす》れて、つぎの矢じるしはどんな色をしているのか、それが見たくて道をたどった。

やがて矢じるしは、繭《まゆ》を住宅地《じゅうたくち》から、坂になった並木道《なみきみち》へつれだした。色づきはじめたイチョウの並木《なみき》。

そこは、古い商店街《しょうてんがい》のある通りだった。

ほとんどのお店が、もうシャッターをおろしている。何十年も前に、お母さんの働《はたら》く本屋さんのある大通りにほとんどのお店が移《うつ》ったのと、その大通りのつきあたりにショッピングセンターができたので、繭《まゆ》も何度か通ったことのあるこの

商店街《しょうてんがい》は、半分以上《いじょう》が、廃墟《はいきょ》なのだった。

けれど、不思議《ふしぎ》と明るい。しんと静《しず》かではあっても、高く育ったイチョウの木々から、金色にほぐされた日の光がそそいで、がらんとした並木《なみき》通りを照《て》らしていた。埃《ほこり》っぽいシャッターも、色あせたひさしのしま模様《もよう》も、雑草《ざっそう》ののぞく舗装《ほそう》も、みんななつかしいキャンディの包《つつ》み紙《がみ》ごしに見ているみたいに、のどかでおだやかで、ちっともこわくない。

高貴《こうき》な群青《ぐんじょう》、歯が欠《か》けた笑顔《えがお》を思わせるオレンジ色、ほとんど白と見わけのつかないさくら色、緑と茶の中間の色、甘い味さえしそうなチョコレート色、透きとおりそうに張《は》りつめたアメジスト色……矢じるしは繭《まゆ》を並木道《なみきみち》の上へ上へと導《みちび》き、そしてとうとう、終点へたどり着かせた。

目をあげる。最初《さいしょ》のものより一段《いちだん》と深みのある赤い矢じるしは、とあるガラスのドアをまっすぐにさししめしていた。

（お店……）

ガラスのドアには、古めかしい飾《かざ》り文字が、金色で書かれている。

〈ギャラリー・額装《がくそう》・画材《がざい》　日曜日舎《にちようびしゃ》〉

ドアの右側《みぎがわ》には、そのまま立ってはいれそうにおおきなショーウィンドウがあり、なかに絵がたくさん飾《かざ》られているのが見える。左側《ひだりがわ》には、二枚《まい》のガラスを貼《は》りあわせた三角の出窓《でまど》があり、そこには鉢植《はちう》えとピエロの人形、ちいさなスケッチブックとパレットの見本が置《お》かれている。

もう一度、ドアを見あげると、ガラスの扉《とびら》の内側《うちがわ》におおぶりなベルがぶらさがっていて、お客がくればすぐわかるようになっている。

繭《まゆ》は左側《ひだりがわ》の、縦長《たてなが》の出窓《でまど》の奥《おく》をのぞきこんでみた。骨董品《こっとうひん》じみた置《お》き物《もの》やらおもちゃやらと、大小さまざまなスケッチブックのならぶ棚《たな》、こまかな仕切りでわけられた、数えきれないくらいの絵の具のチューブにパステル、クレヨン、それに大量《たいりょう》の絵筆……。

一瞬《いっしゅん》、繭《まゆ》は息を飲んだ。たくさんまわった美術館《びじゅつかん》や画廊《がろう》の風景《ふうけい》が、よみがえる。繭《まゆ》がお母さんとふたりで見てきた絵たちを描《か》くための道具が、あんなにたくさんならんでいる。

店内は薄暗《うすぐら》い。人の影《かげ》も見あたらない。お休みなのかもしれない。

（日曜日だし）

そう思ってから、繭《まゆ》は自分の考えに、頭のなかで首をかしげた。お店の名は、〈日曜日舎《にちようびしゃ》〉。赤いペンキのしめす先には、ちゃんとどろ落としのマットがしかれていて、シャッターもおりていない。

……それでも、繭《まゆ》は、お店にはいってみる気はなかった。お金も持ってきていない。ずいぶん歩いたから、今夜は、ちゃんと眠《ねむ》れるかもしれない、頭のすみでそう思った。お店のなかの絵の具や絵筆が心をひっぱったけれど、回れ右をして、家に帰ろう。だれにも会わないうちに。

日曜日だけのスケッチクラブ

繭《まゆ》がそう思ってきびすをかえしたとき、ヒュウッと風が吹《ふ》きあがって、髪《かみ》の毛《け》

が視界《しかい》を邪魔《じゃま》した。

それで、バサバサとすぐそばで鳥の羽音《はおと》がしたとき、その正体を見るのにほんの数秒間、てまどった。

「あーあ、また遅刻《ちこく》した」

だれかが言った。長い髪《かみ》を顔のまえからはらった繭《まゆ》は、目のまえに男の子が立っているのを見て、目をしばたたいた。さっきまでたしかに、あたりにはだれもいなかったのに。

かわった男の子だった。

灰色《はいいろ》のジャケットを着、頭にかわった形の帽子《ぼうし》をかぶったその子は、〈日曜日《にちようび》舎《しゃ》〉と書かれたドアのほうをむいて立っている。繭《まゆ》の横にならぶかっこうで。

長い白のマフラーが、背中《せなか》で揺《ゆ》れていた。繭《まゆ》と、同い年くらいに見える。だけど、学校でこんな子を見かけたおぼえはない。へんないでたちだ。涼《すず》しくはなってきたけれど、まだとても、マフラーを巻《ま》くような季節《きせつ》ではないのに……

「スケッチクラブなら、今日《きょう》だよ」

灰色《はいいろ》の服の男の子はそう言うなり、繭《まゆ》の手首をつかんで、お店のドアのほうへひっぱった。ベルがおおげさな音をたて、ドアが開く。お店にはいるつもりだったのではないと、繭《まゆ》が声を発するひまはなかった。

ココアのにおいが、全身をつつみこんだ。外からはがらんとして見えた店内は、入り口を一歩くぐるなり、音とにおいと気配にみちた空間にさまがわりした。店内は暖《あたた》かく、そして、たくさんの猫《ねこ》がいた。椅子《いす》やテーブルや戸棚《とだな》、イーゼルなんかの上や下を、いろんな毛色の猫《ねこ》が歩きまわり、あるいは昼寝《ひるね》をしている。

繭《まゆ》は、目をぱちぱちさせた。

ココアのにおいと、猫《ねこ》のにおい。それに、もうひとつ……これはたしか、油絵の具のにおいだ。そのどぎつさをふくんだにおいのほうへ目をむけると、イーゼルに描《か》きかけのキャンバスがかかっていて、絵のまえの椅子《いす》に、かなりおおきめの人形が絵筆を持ち、座《すわ》らされている。と——繭《まゆ》は自分をお店へつれてはいった男の子がなぜおどろかないのか仰天《ぎょうてん》したのだけれど——その人形が、椅子《いす》の上からこちらを見て、首をかしげた。

「新メンバーなの？」

首をかしげたばかりか、人形はしゃべった。音の底《そこ》がすこしだけかすれた、生意気そうな声だ。はしばみ色の巻《ま》き毛《げ》に、深緑とクリーム色のしまのリボンを結《むす》んでいる。ぷっくりとふくらんだ頬《ほお》、勝気そうに太く描《か》かれた眉《まゆ》。青とも琥珀色《こはくいろ》ともつかない色合いの、ガラスの目が、たしかにこちらを見ている。

柱時計《はしらどけい》のカチカチと時を刻《きざ》む音が、やたらと耳にひびいた。

繭《まゆ》の頭のなかで、いますぐきびすをかえしてドアからでるべきだ、となにかが告《つ》げている。はやく外へでて、矢じるしを逆《ぎゃく》にたどって、家に帰らないと。家にはいって、自分の部屋《へや》に閉《と》じこもらないと。

繭《まゆ》はだって、学校にいっていないのだもの。学校にいかない子どもが、こんなおかしな場所にきて、まともなことが起こりっこない。

じりっと足をひきかけたとき、べつの声がかかった。

「マグパイくん、その子は？」

声の主は、柱時計《はしらどけい》のまえに置《お》かれた木箱に、きゅうくつそうに背《せ》と膝《ひざ》を折《お》りまげて座《すわ》っている、ひょろりとやせて、青白い顔をした男の人だ。この人もおかしかった。お店のなかなのに、ちいさめの雨傘《あまがさ》をさしていて、そのせいでよけいにきゅうくつそうに見える。雨傘《あまがさ》は、白黒の水玉模様《もよう》と縦《たて》じまのつぎあわせ。ひどくやせた体に、細さをきわだたせるように、ぴったりとした黒い毛糸のベストを着ている。

「あれ？　スケッチクラブにきたんじゃないの？　入り口のまえに立ってたから、てっきりそうだと思ったのに」

マグパイ、と不思議《ふしぎ》な名前で呼《よ》ばれた男の子は、肩《かた》をすくめてくちびるをすぼめた。

「まあ、いいじゃありませんか」

猫《ねこ》が異様《いよう》に集まっているひとりがけのソファから、ほがらかな声がひびいた。

「その子に、スケッチクラブを見てもらえば。もし気にいったら、メンバーになってもらえばいいんです」

そのソファには、あまりにたくさんの猫《ねこ》が密集《みっしゅう》しているものだから、はじめ、猫《ねこ》がしゃべっているのかと思った。が、すぐにそうでないことがわかる。たくさんの猫《ねこ》にまみれて、花柄《はながら》のソファにうもれているのは、ちいさな丸眼鏡《まるめがね》をかけた上品そうなおばあさんだ。……どこかで、見たことがあるような気が、ふとした。近所の人だろうか。

「こんにちは」

と、おばあさんはあらためて、繭《まゆ》に頬笑《ほおえ》みかけた。

お店へはいってから——ううん、灰色《はいいろ》の服の男の子とでくわしてから、繭《まゆ》ははじめて口をきいた。

「あの」

「スケッチクラブ、って」

ほんとうは、もっと聞きたいことがあったし、言いたいことがあった。あの矢じるしはだれが描《か》いたのか、ここはどうしてこんなにかわっているのか、なぜ人形がしゃべって絵を描《か》いているのか、でも自分はいますぐ失礼《しつれい》して、家へ帰ろうと思っているのだけれど……なのに、言葉はもろくとぎれて、繭《まゆ》は入り口のドアを背《せ》に、ただ立ちつくすかっこうになった。

灰色《はいいろ》のマグパイが、さっさとお店の奥《おく》へ歩いてゆく。まるでもう繭《まゆ》には、興味《きょうみ》を失《うしな》ったみたいに。

室内には安楽椅子《いす》や木のスツール、ソファや脚立《きゃたつ》や木箱、腰《こし》かけられるさまざまなものが置《お》かれていて、マグパイはそのなかのひとつの上に置《お》いてあった小ぶりなスケッチブックと、肩《かた》がけのかばんをとった。かばんの中身は、おそらくスケッチのための道具だろうと察《さっ》しがついた。

「矢じるしをたどってきたんだろう？」

そのとおりなので、繭《まゆ》はうなずく。

「それなら、メンバーになる資格《しかく》があるわ」

人形が言った。

「そのとおり。で、メンバーになるまえに、見学をするわけだ。見学者くん、名前はなんていう？」

絵の道具を身につけたマグパイは、くるりとふりむきざまに繭《まゆ》にむかって質問《しつもん》を投げかけた。高い場所から言葉をほうるやり方は、まるでいばった大学教授《きょうじゅ》だ。繭《まゆ》と、そんなに年がかわらないはずなのに。

「………」

そのときドアベルが、けたたましく揺《ゆ》れた。

「こんにちは！　また遅刻《ちこく》しちゃいました」

いきおいよくドアを開けて、はいってきたのは、繭《まゆ》よりだいぶ年上のお姉さんだった。あごの下で切りそろえた髪《かみ》の毛《け》が、息にあわせてはずんでいる。

「いえいえ、大丈夫《だいじょうぶ》です。まだ、これから描《か》きはじめるところです。だいいち、この時計《とけい》は少々、狂《くる》っていますので」

雨傘《あまがさ》をさした人が、背後《はいご》の柱時計《はしらどけい》を、コツコツとこぶしの指で、ノックするようにつついた。

と、走ってきたらしいお姉さんは、繭《まゆ》のすがたに気づくと、ぱちりと目をまるくした。太っているというわけじゃないけれど、全体にふっくらとして見えて、やさしそうな雰囲気《ふんいき》の人だ。お姉さんは、肩《かた》から異様《いよう》におおきな黒いバッグをさげている。おおきいくせにひらべったい、ビニル製《せい》の、見たことのないバッグだった。

「ええっと、その子は？」

多すぎる猫《ねこ》たちにも、お店のなかで傘《かさ》をさしている男の人にも、生きている人形にも、お姉さんはちっとも動じていない。ここへはじめてやってきたのは、繭《まゆ》だけなのかもしれない。

おかしな感覚《かんかく》が、繭《まゆ》の頭の上からすとんとつま先へ落ちていった。このお姉さんのことも、どこかで見たことがある気がする。――ううん、見ただけじゃなく、知っているような気が……

「ま、繭《まゆ》っていいます」

苗字《みょうじ》は、言わないでおいた。言う必要《ひつよう》もない気がして。そしてどうやら、ここでは苗字《みょうじ》を名乗らないことは、失礼《しつれい》にあたらないらしかった。

お姉さんはぱっと表情《ひょうじょう》を明るくして、

非常口

「わたしは、蝶子《ちょうこ》。絵の勉強をしてて、ここのスケッチクラブのメンバーなの」

そうこたえてくれた。

「繭《まゆ》ちゃんね。わたしは咲乃《さくの》です。この猫《ねこ》たちと暮《く》らしているの。わたしもクラブのメンバーですよ」

ソファから立ちあがったおばあさん、咲乃《さくの》さんが、こちらへ近づいてきた。いろんな毛色の猫《ねこ》たちが、それについてくる。

「この子は、シシリー」

咲乃《さくの》さんが、椅子《いす》の上に立ちあがった人形の頭に、そっと手を置《お》いた。絵筆をにぎったままの人形は、陶器《とうき》でできた顔に、勝気そうな笑《え》みを浮《う》かべる。

「あたし、油絵が大好《だいす》きなの。あんたはなにが好《す》き？」

質問《しつもん》をされて、繭《まゆ》は言葉につまった。どんな絵が好《す》き、と聞かれているのだろうか、それとも、なにで描《か》くのが好《す》きかと聞かれているのだろうか。まずもって、つややかな陶器《とうき》のほっぺたやくちびるが、なめらかに動いて表情《ひょうじょう》を生んでいることに、繭《まゆ》はまだおどろいたままなのだった。

その繭《まゆ》にむかって、雨傘《あまがさ》の男の人が、どことなく湿《しめ》っぽい動作で、立ちあがっておじぎをした。

「どうも。わたしは、このギャラリーのオーナーで、画材店《がざいてん》の店主でもあります」

細面《ほそおもて》の顔は青白く、雨傘《あまがさ》をさしているせいなのか、陰気《いんき》な感じのする人だ。だけど繭《まゆ》は、深みがかった灰茶色《はいちゃいろ》のその目を、どこかなつかしく感じた。いつのまにか、たじろいでいた視界《しかい》も呼吸《こきゅう》も、ふだんどおりにもどっていた。

雨傘《あまがさ》をさした店主は、柱時計《はしらどけい》がにぎやかに歌う店内をぐるりと腕《うで》でさししめして、それから言った。

「ここは、〈日曜日舎《にちようびしゃ》〉。日曜日だけを生きる者たちの集まるギャラリー、そして本日は、スケッチクラブの開催日《かいさいび》なのです」

「日曜日だけ……?」

椅子《いす》の上の人形、シシリーが、陶器《とうき》でできているはずの顔ににこりと笑《え》みを浮《う》かべた。

「そうよ。矢じるしをたどってきたのなら、あんたも、ほかの曜日には生きられない者なのね」

繭《まゆ》は、スケッチクラブの人たちの顔を見まわした。蝶子《ちょうこ》さんというお姉さんと、咲乃《さくの》さんというおばあさん以外《いがい》は、みんな、ふつうの人には見えない。というって、どこか、深いかげりがあるようにも感じられない。だけど……

（わたしのことだ……）

そう思った。日曜日にしか生きられない。それは、繭《まゆ》のことだ。

「……絵を、描《か》けるんですか？」

口がしぜんと、そう聞いていた。

うなずいたのは、咲乃《さくの》さんだ。

「ええ、そうよ。日曜日にね、みんなで集まって、絵を描《か》くんです。あなたも、絵が好《す》き？」

好《す》きだ。お母さんと、何度も美術館《びじゅつかん》へいったから。絵を見るのも、自分で描《か》くのも――いまは、どちらもしていないけれど。

心臓《しんぞう》がどくどくと鳴って、声がうまくしぼりだせない。返事をしたいのに、うまくいかない。

まごついて、ほとんどかたまっている繭《まゆ》に、マグパイがにやりと口の片《かた》はしをあげた。

「ねえ、じゃ、今日《きょう》は繭《まゆ》にモデルになってもらおうよ」

「えっ？」

とびはねるように顔をあげる繭《まゆ》を、マグパイの目がどこか意地悪くとらえた。

「それ、いい！　繭《まゆ》ちゃん、お人形みたいだもの」

蝶子《ちょうこ》さんが、顔のまえで両手をあわせる。その顔や瞳《ひとみ》に、どこか見おぼえがあるようで、だけど繭《まゆ》は思いだせない。なにか、なつかしい気配が手のとどきそうなところを漂《ただよ》っているのに、とらえることができない。

「大賛成《だいさんせい》！」

絵筆をふりあげたのは、人形のシシリーだ。

「あたし、一度、生きた女の子を描《か》いてみたかったのよ」

そこからは、あれよあれよというまだった。繭《まゆ》は椅子《いす》に座《すわ》らされ、そのまわりを、スケッチクラブのメンバーたちが、それぞれの道具を持ってとりかこんだ。シシリーは油絵のパレットと筆、咲乃《さくの》さんは色鉛筆《いろえんぴつ》、マグパイは木炭（銀紙につつんだ焼《や》けた木ぎれのようだった）、蝶子《ちょうこ》さんはたくさんの黒い鉛筆《えんぴつ》。オーナーは、傘《かさ》をさしてそれを見ているだけで、たまに寄《よ》ってくる猫《ねこ》をなでていた。

奇妙《きみょう》な人たちにかこまれて、おまけにスケッチされながら、繭《まゆ》はなぜだか不思《ふし》議《ぎ》と、おちついていた。ここは、心配する必要《ひつよう》のない場所だ――そんな気がした。

店内は暖《あたた》かで、ココアのにおいがし、だれもが静《しず》かに絵を描《か》いている。どこかこの世とはちぐはぐな感じのする人たちが、一心に手を動かしている。明るいおもてではイチョウの金色の葉が、風にすこしずつこぼれてゆく。

繭《まゆ》はこんな光景《こうけい》を、何度も見てきたことがあるような気がしていた。こんな、奇妙《きみょう》で明るい、なにもこわくない雰囲気《ふんいき》に、何度も体をひたしたことがあるような……

（——日曜日だ）

そうだった。この、ずっと溶《と》けずに口のなかにいてくれるドロップのような、やわらかな日ざしのにおい、おだやかで、なんとなく日常《にちじょう》からずれていて、でも落っこちてしまう心配なんてない。この気配は、日曜日そのものだった。

だからこのお店の名は、〈日曜日舎《にちようびしゃ》〉というのかもしれない。日曜日にしか生きられない人たちの集まる場所。

繭《まゆ》は、ずっと忘《わす》れていた日曜日の手ざわりになかばうっとりしていて、だから、とちゅうから膝《ひざ》の上になにかが這《は》いのぼってきたときにも、ちっともおどろかなかった。猫《ねこ》ではない。黄色い毛並《けなみ》の、それは狐《きつね》だった。狐《きつね》だけれど、生きたふつうの狐《きつね》でないことは、かたくつめたい体の感触《かんしょく》と、見あげる目が青いガラス玉であることから、すぐにわかった。ぬいぐるみではない。剝製《はくせい》の狐《きつね》だ。

「ちょっと、レモン。いまその子をスケッチ中なのよ」

キャンバスと繭《まゆ》に、順番《じゅんばん》にするどい視線《しせん》を送ってはは絵筆をふるっているシシリーが、りりしい眉《まゆ》をつりあげた。どうやらこの狐《きつね》の名前は、レモンというらしい。

「とちゅうで対象《たいしょう》に変化《へんか》が起きても、動じないで描《か》くんだよ」

えらそうぶって、マグパイが胸《むね》をそらした。シシリーが、負けじと鼻を鳴らす。

「あなたに言われなくても、わかってるわよ。あたしは、レモンに注意したの」

けれど、動く剝製《はくせい》の狐《きつね》は、つめたい体を繭《まゆ》にすり寄《よ》せ、くつろぎきって、とがったあごを膝《ひざ》にあずけた。

また、繭《まゆ》に、まえにも知っている感覚《かんかく》に襲《おそ》われた。どこで……？　やっぱり、それは思いだせない。狐《きつね》のレモンの、このすこしこわばった、つめたい感触《かんしょく》。剝《はく》製《せい》になんて、学校の理科室に展示《てんじ》してあるものにだって、さわったことはない。だけど、なぜか知っている。

どうしてだろう。〈日曜日舎《にちようびしゃ》〉のドアをくぐったのだってはじめてなのに、なぜこんなに、どこかで見たことがある気がしてばかりなのだろう。

繭《まゆ》が、こたえのでないことを考えつづけているうちに、みんなのスケッチは描《か》きあがった。

みんなは描《か》きあがったスケッチを、ごくしぜんな動作で繭《まゆ》のほうへむけ、絵を見せてくれた。いちばん上手《じょうず》だと感じたのは、咲乃《さくの》さんの絵だった。ふつうの色《いろ》鉛筆《えんぴつ》、色数だって十二色しかないのに、どうしてこんなに複雑《ふくざつ》な色合いをだせるのか不思議《ふしぎ》だった。色が動きだしそうだ。繭《まゆ》を、実物よりもやや誇張《こちょう》してかわいく描《か》いているのはさしひいたとしても、咲乃《さくの》さんの絵はとてもきれいだった。

マグパイのは、なんだかわからない。木炭で、ただ紙を黒く塗《ぬ》りつぶしただけにも見えた。まばらな黒のなかに、どうやら目らしい点が見える。

蝶子《ちょうこ》さんは写真のように描《か》こうとしたらしい。実際《じっさい》、鉛筆《えんぴつ》の濃淡《のうたん》だけで、ほとんど写実的《しゃじつてき》に繭《まゆ》とレモンを描《か》いていた。どうやったらこんなふうに描《か》けるのかと、繭《まゆ》はおどろいた。

シシリーの油絵は、かわくのに時間がかかるらしい。

「来週までに、仕上げておくわ」

下塗《したぬ》りの上に絵筆で線をひき、色を置《お》いて繭《まゆ》とレモンのぼんやりとした影《かげ》を描《か》いたシシリーは、満面《まんめん》の笑《え》みでそう言った。

「どうです。これが、わが〈日曜日舎《にちようびしゃ》〉のスケッチクラブです。気にいられましたか？」

オーナーが、中央の大テーブルに全員ぶんのココアをだしながらたずねた（そのときにも、雨傘《あまがさ》はさしたまま）。

「はい……」

ぼんやりとした返事をしながら、けれど、繭《まゆ》は自分も絵を描《か》いてみたくてうずうずしていた。描《か》きたい。このスケッチクラブに、はいって。

「はいりたいです……わたしも、はいれるんですか？」

「もちろんです」

陰気《いんき》な表情《ひょうじょう》のまま、オーナーがうなずいた。

「毎週、日曜日の午前中に開催《かいさい》しています。時間はだいたい、九時ごろ開始なのですが、いかんせん、店の時計《とけい》が狂《くる》っておりまして」

オーナーが、柱時計《はしらどけい》をふりかえる。凝《こ》った木彫《きぼ》り細工におおわれた柱時計《はしらどけい》は、

金の振《ふ》り子《こ》を揺《ゆ》らし、チクタクとよどみなく時を刻《きざ》みつづけているように見える
けれど――その針《はり》は、もうじき正午になることを教えていた。
繭《まゆ》のなかで、時計《とけい》の仕掛《しか》けのように正確《せいかく》に、なにかが強くうなずいた。
「あの……来週も、きます。わたしも、クラブにいれてください」
「やった！」
蝶子《ちょうこ》さんが、両手をこぶしにして笑《わら》ってくれたのがうれしかった。
「それでは、次回は、画材《がざい》を持っていらしてください。お好《す》きな画材《がざい》なら、なん
でもかまいません。お待ちしています、繭《まゆ》さん」
オーナーがそう言って、右手をさしだした。握手《あくしゅ》するため、繭《まゆ》が椅子《いす》から立と
うと身動きすると、なめらかな布地《ぬのじ》のようにレモンは床《ゆか》へすべりおりた。
握手《あくしゅ》をする瞬間《しゅんかん》、オーナーの手があまりにもつめたくて、繭《まゆ》は内心ぎょっとし
た。大雨に打たれて、すっかり体温を奪《うば》われたばかりみたいに、その手はつめた
かったのだ。
まっ先にお店をあとにしたのは、蝶子《ちょうこ》さんだった。

「いっけない！　午後から、アルバイトがはいってるんです」

そうさけんで、あのおおきなビニル製《せい》のバッグにスケッチブックをつめ、それじゃあまた、とあいさつをして駆《か》けだしていった。右にまがって走り去るすがたが、ガラス窓《まど》ごしに見えた。

「勤勉《きんべん》ですねえ、蝶子《ちょうこ》さん」

もういってしまった蝶子《ちょうこ》さんに手をふりながら、オーナーが言った。

「それじゃあ……」

足どりがなんだかおぼつかない。繭《まゆ》はちいさく頭をさげて、自分も家へ帰ることにした。

「急にきたのに、ありがとうございました。来週、かならずまたきます」

「楽しみにしてますよ」

絵の道具を片《かた》づけたとたん、膝《ひざ》も肩《かた》も猫《ねこ》だらけになった咲乃《さくの》さんが、うなずく。

ガランガランとおおげさな音をたてて、ドアが開き、そして閉《し》まった。繭《まゆ》は

〈日曜日舎《にちようびしゃ》〉と書かれたガラスのドアを、もう一度ふりかえる。まさか、夢《ゆめ》になって消えてしまったりしないかと、不安《ふあん》になったから。

風が吹《ふ》いた。長すぎだとよく言われる繭《まゆ》の髪《かみ》が、また巻《ま》きあがる。視界《しかい》をさえぎりかける髪《かみ》の毛《け》のむこうに、すぐあとからドアをくぐってくるマグパイのすがたが見えた。マグパイのマフラーも、風になびいている。

「またね」

大人《おとな》びた声が耳もとでしたかと思うと、バサバサと、鳥の羽音《はおと》がひびいた。繭《まゆ》が髪《かみ》をおさえて目をあげると、もう通りのどこにも、マグパイのすがたはなかった。

「………」

同時に、もうひとつ消えているものがあった。矢じるしだ。繭《まゆ》をここまで導《みちび》いてきた矢じるしが、消えている。スケッチクラブの開かれているあいだに、だれかが——たとえばおくれてきた蝶子《ちょうこ》さんが——消したのでは、たぶんない。絵の具かペンキで描《か》かれていた矢じるしのあったところの舗装《ほそう》は、すっかりかわいていて、ほかの部分と同じように埃《ほこり》をかぶっているからだ。

夢《ゆめ》じゃないかと、繭《まゆ》はもう一度〈日曜日舎《にちようびしゃ》〉を見あげた。

だけど、いますぐ、またドアを開けてみる勇気《ゆうき》はなかった。開けて、なんて言おう？　――「もしかして、このお店の存在《そんざい》が、夢《ゆめ》なのじゃないかと思って」

……これが夢《ゆめ》なら、もう消えているだろうし、夢《ゆめ》でないなら、そんなことを言えば笑《わら》われるだろう。

おとなしくきびすをかえし、繭《まゆ》は家への道をたどりはじめた。

来週。また来週きてみれば、わかる。

暗い暗い夜

「繭《まゆ》ちゃん、繭《まゆ》ちゃんったら。だめでしょう、こんなところで寝《ね》て。風邪《かぜ》でもひいたらどうするの」

お母さんの声と、体を揺《ゆ》すられる感覚《かんかく》で、繭《まゆ》は目をさました。

はっと息を飲んだのは、そこが一階のリビング、しかも本棚《ほんだな》のまえの床《ゆか》の上だったからだ。あわてて体を起こすと、もう窓《まど》の外は暗くなりかけていた。お母さんが育てている観葉植物《かんようしょくぶつ》たちが、影《かげ》を黒くしている。

起きあがった繭《まゆ》に、仕事からもどったばかりらしいお母さんが、はあ、と深く息を吐《は》きだす。

「……たおれちゃったのかと思うじゃない。どうしたの、こんなにたくさん本をだして」

床《ゆか》の上には、本棚《ほんだな》の四段《だん》目、共有《きょうゆう》の本の棚《たな》からぬきとってひろげた画集がちらばっていた。

繭《まゆ》は、まだはっきりしない頭で、〈日曜《にちよう》日舎《びしゃ》〉へいったこと、帰ってから画集を夢中《むちゅう》でながめたことを思いだした。

(そうか、そのまま、くたびれて寝《ね》ちゃったんだ)

だって、びっくりするようなことが一時《いっとき》に起こったから、それにたくさん歩いてきたから……でも、それをお母さんにうまく説明《せつめい》できる自信《じしん》がなかった。繭《まゆ》が、ぼんやりとはしていても、とりあえず元気そうなのをみとめると、お母さんは立ちあがってカーテンを閉《し》め、家のなかに明かりをつけた。

「おそくなっちゃってごめんね。すぐに、晩《ばん》ごはん作るわね」

荷物のはいったトートバッグをソファの上に置《お》いて、ビーズの暖簾《のれん》で仕切られた台所へむかおうとするお母さんに、繭《まゆ》はあわてててついていった。

「わ、わたしも手伝《てつだ》う」

「そう？　じゃ、今日《きょう》は簡単《かんたん》でいいから、親子丼《おやこどん》にしよう」

明るく言ったその言葉で、今日《きょう》もお父さんの帰りがおそいのだとわかった。日曜日なのに。

「……今日《きょう》も、おそいの？」

それでも繭《まゆ》は、たずねてみずにいられない。

「そうね。もうしばらくはね、忙《いそが》しいのがつづくみたい」

お母さんははきはきと言って、台所の椅子《いす》にかけてあったエプロンを身につける。繭《まゆ》はお米をはかる。ふたりぶん。

ごはんを作って食べながら、繭《まゆ》は、今日《きょう》の昼間のできごとをお母さんに話した。といっても、そっくりそのまま話す気にはなれず（もし信《しん》じてもらえなかったら、つぎの日曜日にスケッチクラブが消えているような気がして、そしてきっとお母さんは信《しん》じないだろうという確信《かくしん》があって）、ただ、

「今日《きょう》、スケッチクラブにいってきたの」

と、それだけを言ってみた。

はじめ、目をぱちくりさせていたお母さんは、食べかけの親子丼《おやこどん》も忘《わす》れて、まっすぐに繭《まゆ》を見つめた。

「……お外で？」

「うん」

うなずく自分が、小学五年生なんかじゃなく、もっとうんとちいさな子どもみたいに思えた。

なんと言われるだろう。勝手に外へでるなんて、と叱《しか》られるだろうか。

「あのね、毎週、日曜日にあるんだって。それで、わたし、はいってみようと思うんだけど……」

おずおずとした繭《まゆ》の声に、お母さんは、なにかの合点《がてん》がいったという顔をした。

「ああ、カルチャーセンターのね？　夏ごろにできたんだっけ。へえ、繭《まゆ》ちゃん、いってみたんだ」

なにか、かんちがいしているみたいだ。

「いいじゃない、すてき。でも、まわりはお年寄《としよ》りばかりじゃない？　繭《まゆ》ちゃんがなじめそうなら、お母さんはいいと思うけど」

「う、うん。大丈夫《だいじょうぶ》。親切な人ばかりだよ」

咲乃《さくの》さんはお年寄《としよ》りだし、うそを言っていることにはならないだろう。繭《まゆ》は、自分にそう言い聞かせた。お母さんの顔が、どことなく生き生きして見えて、それをしぼませたくなかった。

晩《ばん》ごはんのとき、お母さんはいつもラジオをつけている。そうでないと、ふたりきりの家のなかは、あっというまに静《しず》まりかえってしまうからだ。ラジオが、にぎやかな音楽を流す。でも、お母さんがほんとうに聞きたいのはお父さんのおしゃべりだろうと、繭《まゆ》は思っていた。

「お母さん、今度ごあいさつにうかがおうか」

そう言われて、繭《まゆ》は大あわてでかぶりをふった。

「大丈夫《だいじょうぶ》だよ、もう五年生だもの、はずかしいよ」

そう言ってしまってから、繭《まゆ》は、自分の言葉をひっつかんでのどの奥《おく》へもどしたくなった。

小学五年生なのに、学校にいっていないのは、自分だ。

うつむいた繭《まゆ》の耳に、短いため息の音が聞こえた。上目づかいにうかがうと、お母さんが疲《つか》れたようすでテーブルにひじをつき、目頭《めがしら》をもんでいる。貼《は》りつけた笑顔《えがお》で頭をあげると、お母さんは、はいはい、と冗談《じょうだん》めかして返事をした。

「わかったわかった。それじゃ、繭《まゆ》ちゃんに、新しいスケッチブックを買ってきてあげようね。どんなのがいい?」

お母さんの勤《つと》め先《さき》の本屋さんでは、文房具《ぶんぼうぐ》や画材《がざい》もあつかっているのだ。繭《まゆ》はあわてて、首をふった。

「いいよ、使いかけのがまだあるから……」

しだいにすぼまる声は、ごちそうさま、と食器《しょっき》を流しへはこぶお母さんの足音に、かき消された。お母さんのお碗《わん》には、まだ半分ほど親子丼《おやこどん》が残《のこ》っていた。

その夜、繭《まゆ》はまた眠《ねむ》れなかった。昼間、せっかくたくさん歩いたのに。帰ってから、リビングで寝《ね》てしまったせいだ。

明かりをつけて、ベッドのなかで本を読んだ。けれど、昼間のできごと、〈日《にち》曜日舎《ようびしゃ》〉のちぐはぐな人々のすがたや猫《ねこ》たちの顔、ココアと絵の具のにおいが頭のなかをぐるぐる駆《か》けめぐって、どの文字を読んでいるのだか、すぐにわからなくなってしまった。

つぎの日曜日を待とう。

あおむけになって、枕《まくら》に頭をのせたとき、お父さんの帰ってくる音がした。

お父さんとお母さんの、くぐもった話し声が切れ切れに聞こえてくる。

「繭《まゆ》は？　――今日《きょう》、運動会だったんだろ？」

「でてるわけないでしょ。……それより今日《きょう》、はじめて外に……」

そのあとは、聞こえなかった。心臓《しんぞう》が、悪夢《あくむ》からさめた直後のようにどくどくと打って、耳をふさいでしまった。

ふとんをかぶり、ぎゅっと目をつむった。はやく、はやく、また日曜日になれ。

そう念《ねん》じている自分を、繭《まゆ》は窓《まど》から投げ捨《す》ててしまいたかった。

夜は、なかなか明けなかった。

第2日曜日

スケッチがはじまる

つぎの日曜日は、お父さんもお母さんも、休みだった。

繭《まゆ》が服を着がえ、階下へおりてゆくと、まえに見たときよりすこしやつれた顔のお父さんが、「おはよう」と笑《わら》って声をかけてくれた。

霧吹《きりふ》きで葉水《はみず》をされた、リビングいっぱいの観葉植物《かんようしょくぶつ》たちが、葉っぱをつやつやさせている。

「おかえりなさい」

まずはそう言った。ゆうべお父さんが帰ってきたのは真夜中で、繭《まゆ》は顔をあわせていなかったから。

「今日《きょう》はみんなで、朝ごはんが食べられるわよ」

台所ではなく、リビングのテーブルに、お母さんが食事をならべてゆく。チーズいりのホットサンドとゆで野菜《やさい》、目玉焼《めだまや》き、コーヒーと、温めた牛乳《ぎゅうにゅう》。ドライフルーツののったヨーグルト。いつもの朝よりもたくさんの湯気が、家のなかの空気をふくよかにさせている。

「お母さんから聞いたよ、スケッチクラブっていうのにはいったんだって？　よかったじゃないか、繭《まゆ》は絵が好《す》きだったものな」

「今日《きょう》もいくのよね、繭《まゆ》ちゃん？」

お母さんの質問《しつもん》にうなずきながら、繭《まゆ》は自分のお皿にのっているホットサンドをかじった。お母さんが張《は》りきって作った朝ごはんは、まるでお父さんのためのパーティみたいだ。量《りょう》が多くて、食べきれるか不安《ふあん》になった。

「そうか、今日《きょう》はひさしぶりに家族三人で、どこかへでかけようかと思ったんだけどな」

お父さんが、おいしそうにコーヒーを飲む。お母さんがゆで野菜《やさい》のサラダをとりわけながら、あわててとりなした。

「でも、いいじゃない。せっかく繭《まゆ》ちゃんが自分で見つけてきた場所なんだし、午前中でおわるそうだから、それからでかけたら」

「ああ、うん」

部屋着《へやぎ》すがたのお父さんは、眼鏡《めがね》をかけた目をおおきく見開いて、テレビ画面を見つめながら、ホットサンドをかみ切る。テレビでは、ゴルフのトーナメントのようすが放送されていた。

「しかし陽子《ようこ》さん、ちょっとお料理《りょうり》、張《は》りきりすぎじゃないの」

「だって、ふだんまともに栄養《えいよう》とっていないでしょー」

陽子《ようこ》さん、と名前で呼《よ》ばれたお母さんが、頬《ほお》をふくらませる。怒《おこ》った顔は、でも、ちょっぴりうれしそうだった。

ごちそうさまを言って、繭《まゆ》は自分の部屋《へや》へもどった。机《つくえ》の上に、お母さんが買ってきてくれた、赤い表紙のスケッチブックがある。ほとんど深紅《しんく》と呼《よ》べるほど濃《こ》いその色は、先週の日曜日、繭《まゆ》を〈日曜日舎《にちようびしゃ》〉へ導《みちび》いた矢じるしの色と同じだった。

窓《まど》から、外を見おろす。電柱の根もとに、あの矢じるしはなかった。

だけど繭《まゆ》は、いってみることにきめていた。道順《みちじゅん》は、矢じるしがなくてもわかる。

スケッチブックと、それから一学期のおわりに持ち帰ってそのままの、教材《きょうざい》の絵の具セットを持って、繭《まゆ》は家をでた。

「いってきます」

見送るお父さんとお母さんが、なんだか見知らない人に思えて、そう思った自分から目をそむけるように、繭《まゆ》はあわてて外をむいた。ふたりとも、不安《ふあん》と安心がいりまじった顔をしていた。

（ほんとうは、ついていってようすを見たいんだろうな……）

それくらいは想像《そうぞう》できたけれど、繭《まゆ》はできるだけ元気に、駆《か》け足《あし》でせまい坂をのぼっていった。できるだけ元気に、小学五年生の女の子らしく。

繭《まゆ》が理由もなく学校を休んでいることが、ふたりをいっそう疲《つか》れさせているのはまちがいなかった。たしかにお父さんは、勤《つと》めている会社がこのところ一気に忙《いそが》しくなり、毎日寝《ね》る時間すらけずらなければならないのだけれど、疲《つか》れているのはお仕事のせいだけじゃない。

今日《きょう》も、気持ちよく晴れていた。歩いていると、繭《まゆ》は、三匹《びき》のポメラニアンをつれたおばさんとすれちがった。いつも、繭《まゆ》がこっそり部屋《へや》の窓《まど》から見ていた犬たちだ。三つのふわふわにひっぱられたおばさんは、帽子《ぼうし》のかげから「おはよう」と声をかけてくれた。だけど、繭《まゆ》はぎくりと首をすくめ、うつむいてすれちがった。歩くペースをはやくする。心臓《しんぞう》が、ぎゅっとちぢんだ。

犬たちとおばさんは、はずむ足どりのままいってしまったけれど、繭《まゆ》はひどく悪いことをした気持ちに襲《おそ》われて、しばらく顔をあげることができなかった。

（今度、今度会ったら、あいさつしよう）

けんめいに、自分にそう言い聞かせた。

（大丈夫《だいじょうぶ》。こわくない。今日《きょう》は、日曜日なんだから）

日曜日、日曜日……頭のなかで唱《とな》えながら、繭《まゆ》は矢じるしのもうない道をたどった。

やがて、あのイチョウ並木《なみき》へでた。

金色の日ざし、からっぽのお店たち、空気がよそよりうんと軽い。スケッチブックをかかえて、並木道《なみきみち》をのぼり、〈日曜日舎《にちようびしゃ》〉のまえに立った。

先週と同じに、お店はちゃんとあった。まえの日曜日の帰《かえ》りぎわ、夢《ゆめ》みたいに消えてしまうのじゃないかと思ったけれど……

指先が、緊張《きんちょう》のためにしびれている。店の名前が記されたガラスのドア、その金の把手《とって》へ手をのばした。——と、同時にべつの手が、棒状《ぼうじょう》の把手《とって》をつかんだ。

ふりむいたふたりの目があう。

あごの先で髪《かみ》の毛《け》を揺《ゆ》らして、蝶子《ちょうこ》さんが立っていた。

「あっ、ごめん」

ぱっと笑顔《えがお》になり、蝶子《ちょうこ》さんは繭《まゆ》より高い位置《いち》にある手でドアを開ける。あの、スケッチブックのはいったおおきなビニル製《せい》のバッグを、肩《かた》にさげて。

「いっしょにはいろう」

「お、おはようございます」

にこにこしている蝶子《ちょうこ》さんの声と、繭《まゆ》のおじぎはまるでちぐはぐだった。

もうひとつ、ちぐはぐなことがある。蝶子《ちょうこ》さんの服装《ふくそう》だ。やっと十月にはいったばかり、今日《きょう》は晴れて暖《あたた》かいのに、セーターの上から黒いダウンジャケットをはおっている。いくらなんでも、そのかっこうは暑そうに見えるのだけれど、蝶《ちょう》子《こ》さんは平然《へいぜん》としたようすで、繭《まゆ》といっしょに〈日曜日舎《にちようびしゃ》〉のドアをくぐった。

ドアベルが、頭上でにぎやかに揺《ゆ》れる。今日《きょう》も〈日曜日舎《にちようびしゃ》〉のなかは、ココアのにおいでみちていた。

「いらっしゃいませ」

先週と、同じだった。りっぱな柱時計《はしらどけい》のまえの木箱に、オーナーは雨傘《あまがさ》をさして座《すわ》っている。人形のシシリーは、キャンバスをまえに絵筆をかまえている。たくさんの猫《ねこ》がいて、咲乃《さくの》さんは花柄《はながら》の、ひとりがけのソファに座《すわ》っていた。

ちがうのは、今日《きょう》はマグパイが先にきていたということだ。

灰色《はいいろ》の服を着たマグパイは、テーブルのはしに腰《こし》かけて、膝《ひざ》にじゃれつく狐《きつね》のレモンの鼻づらをくすぐっている。繭《まゆ》と蝶子《ちょうこ》さんがはいってゆくと、レモンはさっと身をひるがえし、繭《まゆ》の足のまわりをするするとリボンのようにすばやく駆《か》けまわった。

コトッとちいさな靴《くつ》を鳴らして、シシリーが乗っていた椅子《いす》からとびおりた。

「見て！　先週描《か》いたあなたがモデルの絵。もうすこしでかわくのよ」

人形の手が指差《ゆびさ》す先には、絵の完成《かんせい》したキャンバスが、だれも座《すわ》っていない椅《い》子《す》に立てかけられている。黒くて長い髪《かみ》の女の子が、赤いカーディガンを着て、膝《ひざ》に黄色い狐《きつね》を抱《だ》いている。目をおおきく、頬《ほお》をぽってりと描《か》いているせいで、まっすぐこちらをむいたその顔は、繭《まゆ》よりもシシリーによく似《に》ていた。

「すごい、きれいな色……」

繭《まゆ》は絵をのぞきこんで、すなおな感想を言った。シシリーのちいさな手がこれを描《か》いたとは、とても信《しん》じられない。

「油絵って、かわくのにそんなに時間がかかるの？」

レモンを足もとにまとわりつかせたまま、繭《まゆ》が顔をあげると、オーナーが無《む》表情《ひょうじょう》にうなずいた。

「そうですね、溶《と》き油の種類《しゅるい》や気候《きこう》にもよりますが、かわきるのに、だいたい十日ほどはかかります」

「いまは、もっと使い勝手のいいアクリル絵の具もありますけどね。シシリーは、伝統的《でんとうてき》なものが好《す》きなの」

咲乃《さくの》さんが言うと、横からマグパイが口をはさんだ。

「懐古主義的《かいこしゅぎてき》なんだ」

「伝統《でんとう》を重んじるのよ」

すかさず肩《かた》をいからせるシシリーに、マグパイはにやにや笑《わら》いをむけるきりだった。このふたりは、仲《なか》が悪いのかもしれない。繭《まゆ》がはらはらしながら見ていると、マグパイが座《すわ》っていたテーブルからいきおいよくとびおりた。

「さあ、今日《きょう》はスケッチルームにいくんだろ？　繭《まゆ》も、ちゃんと道具を持ってきてる」

指差《ゆびさ》されて、繭《まゆ》はたじろぎながらもうなずいた。

「じゃあいこう。今日《きょう》は遠近法《えんきんほう》だよね」

肩《かた》からさげたスケッチ道具のかばんをぽんとたたくマグパイを、蝶子《ちょうこ》さんがとめた。

「待って。繭《まゆ》ちゃんは先週クラブにはいったばかりだし、いきなり遠近法《えんきんほう》はびっくりするんじゃない？　まずは、静物《せいぶつ》からにしようよ」

「そうねえ」

野の花の刺繍《ししゅう》がはいった手さげバッグの中身を確認《かくにん》しながら、咲乃《さくの》さんが蝶子《ちょうこ》さんに加勢《かせい》した。

「たしかに、びっくりしてしまうかもね。まずは、静物《せいぶつ》か植物がよさそうに思うけれど。繭《まゆ》ちゃんは、なにを描《か》くのが好《す》き？」

「……………」

繭《まゆ》は、ほとんどあっけにとられていた。

スケッチルーム、びっくりする遠近法《えんきんほう》、そういう話の内容《ないよう》についていけないせいもあったけれど、この風変《ふうが》わりな人たちが、先週やってきたばかりの繭《まゆ》を、当然《とうぜん》のように仲間《なかま》にいれてくれている……そのことに、心の船が危《あぶ》なっかしく揺《ゆ》れていた。

繭《まゆ》、という名前しか言っていない、住所はどこで、どこの学校にいっているのか（いまはいっていないけれど）、この人たちは、そんなことはなにひとつ聞かない。人形なのにシシリーが動いてしゃべれるとか、マグパイがかわった名前だとか、オーナーが店のなかでずっと雨傘《あまがさ》をさしているとか、そんなことのどれよりも、それが繭《まゆ》にとっては不思議《ふしぎ》だった。

「えっと……」

繭《まゆ》は、返事を待っているみんなの顔を見まわした。声が、ちいさすぎる。咳《せき》ばらいをして、のどをおしひろげた。

「あ、あの、わたし、風景《ふうけい》も好《す》きです」

それは、ほんとうだった。まえにお母さんといっていた美術館《びじゅっかん》めぐりのおみやげの絵はがきも、繭《まゆ》が選《えら》ぶのはほとんど風景画《ふうけいが》のものだった――お母さんは、人物画か静物画《せいぶつが》、あるいは神話や聖書《せいしょ》の一場面を描《えが》いたものが好《す》きだった。

「じゃあいこう。はやくはやく」

マグパイが、せきたてる。柱時計《はしらどけい》が、チクタクと透明《とうめい》な音をひびかせている。たしかあの時計《とけい》は、すこし狂《くる》っているのだった。

スケッチルームというのは、いまみんなのいる画材店《がざいてん》のスペースとはべつの部《へ》屋《や》のことらしかった。マグパイが、からっぽの額縁《がくぶち》が立てかけられた店の奥《おく》の壁《かべ》、そこにあるドアを開ける。そのドアには、当然《とうぜん》ながらベルはついていなかった。金色のドアノブをまわすと、けれど、繭《まゆ》の予想とはかなりちがう空間が、むこうに開けていた。

四角い、青ざめた乳白色《にゅうはくしょく》の部屋《へや》がある。定規《じょうぎ》できちんとはかった画用紙を組み立てたみたいに、部屋《へや》を形作るすべての線はまっすぐだ。正面に窓《まど》がふたつ、ガラスははまっていない。中央に、部屋《へや》の壁《かべ》や天井《てんじょう》と同じく青白い、そしてきっちりと四角いテーブル。左右にドアのついていない出入り口があって、そのむこうは、いきなり外だった。

ここでは、ココアのにおいはしない。かわりに、ぞう、と吹《ふ》く風が、水と草のかおりをはこんできた。

スケッチクラブのみんながドアをくぐり、その青白い空間へはいった。オーナーだけが店に残《のこ》って、寄《よ》ってきた猫《ねこ》の相手をしている。とまどう繭《まゆ》の足もとを、するするとレモンが動きまわり、いっしょにいくようにとうながした。

川とおしゃべり

魔法《まほう》をくぐった、そんな感触《かんしょく》があった。
スケッチルームのむこうには、お店のなかでもない、町のなかでもない、まるでべつの空間がひろがっている。
中央のテーブルをまわりこんで、繭《まゆ》は青白い部屋《へや》の外をのぞいた。

おおきな川べりの、藪《やぶ》のなか——紫《むらさき》の影《かげ》をほのめかして、丈《たけ》高い草があおあおと体をそよがせている。どこかで、水鳥のはばたく音がする。ぽちゃんと、なにかが水に飛《と》びこむ音も。繭《まゆ》は空を見あげた。灰色《はいいろ》とも青ともつかない、さらりとぼやけた曇《くも》り空《ぞら》が、はるか高みから風を見送っている。部屋《へや》のむこうに、天井《てんじょう》はない。

知らないうちにぽかんと口を開けて、繭《まゆ》は景色《けしき》に見いっていた。〈日曜日舎《にちようびしゃ》〉の奥《おく》、室内とつながっているはずのここは、見たことのない別世界《べっせかい》だ。

「ここで、スケッチするの」

蝶子《ちょうこ》さんが、まばたきすら忘《わす》れている繭《まゆ》の肩《かた》を、軽くたたいた。

「好《す》きな場所を選《えら》んでね。でも、あんまり遠くへはいかないで。迷子《まいご》になるといけないから」

咲乃《さくの》さんがそう言ったとき、間近でバサバサと羽音《はおと》がして、ふりむくと、さっきまでそこにいたはずのマグパイのすがたが消えていた。咲乃《さくの》さんは肩《かた》をすくめて、けれど、どこか楽しそうに笑《わら》っていた。

「まあ、ちゃんと自分で帰ってこられる人は、遠くまでいってもかまわないのだけどね」

「咲乃《さくの》さん、抱《だ》っこしてもらえる？　いっしょにスケッチ場所を探《さが》しましょう」

シシリーが、咲乃《さくの》さんのスカートをつかんだ。

「はいはい、それじゃ、いつもみたいに探《さが》しましょ」

咲乃《さくの》さんは、ちいさな（といっても、人形が持つにはやっぱりおおきすぎの）スケッチブックを持ったシシリーを、慣《な》れた手つきで抱《だ》きあげると、よいしょと言いながら四角い出口をくぐり、草のなかへふみこんでいった。

残《のこ》ったのは、繭《まゆ》と蝶子《ちょうこ》さん、それにレモン。

「ここって、いったいどうなってるんですか？」

いまになってやっと、繭《まゆ》はそう質問《しつもん》できた。蝶子《ちょうこ》さんは、おもしろがって肩《かた》をそびやかす。あのおおきなビニル製《せい》のバッグはお店に置いてきて、かわりに、白くて小さな帆布地《はんぷじ》のかばんをななめがけにしていた。

「びっくりでしょ？　わたしも最初《さいしょ》は、すごくおどろいたんだ。お店のなかに、ぜんぜんちがう世界があるんだもん。ここが、〈日曜日舎《にちようびしゃ》〉のスケッチルーム。さっきのドアを開けるまえに、メンバーみんなでなにを描《か》くかきめるの。そして開けると、ドアのむこうに、描《か》くべきものがあらわれるっていうわけ」

説明《せつめい》されても、繭《まゆ》にはうまく飲みこめない。そんなの、物語のなかにしかないと思っていた。おとぎ話のなかにしか。

「とにかく、描《か》きにいきましょ。どのへんがいいかな」

歩きだした蝶子《ちょうこ》さんに、繭《まゆ》はあわてていった。狐《きつね》のレモンが、影《かげ》のように繭《まゆ》についてくる。

草をわけて、歩く。ぼうぼうに茂《しげ》って見える草のなかには、だけど、ちゃんとたいらな飛《と》び石《いし》があって、そこを伝《つた》って進むことができた。

ダウンジャケットを着た、蝶子《ちょうこ》さんの背中《せなか》、足のすぐそばを歩くレモンのつめたい体……。

繭《まゆ》の胸《むね》の奥《おく》の、薄暗《うすぐら》いドアが音もなく開いた。

先週、はじめて〈日曜日舎《にちようびしゃ》〉へきたときにも感じた、あの不思議《ふしぎ》ななつかしさ、でもそれがなにか思いだせないもどかしさが、ふと、ひとつほぐれた。

思いだした。

レモンの、このつめたくてかたい動物の手ざわりを、まえにどこで、さわったことがあるか。

左右には、丈《たけ》高い草が、翡翠色《ひすいいろ》の影《かげ》をうるませ、繭《まゆ》たちの背《せ》よりも高く風をくすぐっている。まえを歩く蝶子《ちょうこ》さんに、繭《まゆ》は、ぽつりと言った。

「うちの庭に、猫《ねこ》のお墓《はか》があるんです」

なぜ蝶子《ちょうこ》さんに、いきなりこんなことを話しているんだろう。蝶子《ちょうこ》さんなら、聞いてくれそうな気がしたから？　それとも、ふいによみがえった思い出が、しぜんとこぼれてしまっただけかもしれない。気味悪がられたらどうしよう、かすかな不安《ふあん》を心臓《しんぞう》の裏《うら》に貼《は》りつかせて、それでも話さずにいられなかった。

「猫《ねこ》のお墓《はか》？」

眉《まゆ》を持ちあげて、蝶子《ちょうこ》さんが歩きながらふりかえる。繭《まゆ》がうなずくと、足もとを歩くレモンと目があった。ラムネのビー玉みたいな、青い目。

「……小学三年生のとき、学校帰りの通学路で、死んでるのを見つけて。たぶん、車か自転車にはねられたんだと思うんだけど……わたしが拾おうとしたら、いっしょに帰ってた子たちに、気味悪がられて」

草の揺《ゆ》れる音、空の高いところを吹《ふ》く風の音。地味だけどおだやかな、音楽のなかにいるみたいだ。繭《まゆ》はもう、スケッチルームのことを不思議《ふしぎ》には思わなかった。ここは、そういう場所なのだ。日曜日にしか生きられない、スケッチクラブのメンバーのための。

死んだ猫《ねこ》に、繭がふれようとしたときの、友達《ともだち》の悲鳴がよみがえる。友達《ともだち》、というとらえ方しか知らないでいた、同い年の女の子の。……心の底《そこ》から、その子は死んだ猫《ねこ》をこわがっていた。それにふれようとする繭《まゆ》を。

「気持ち悪い、って言われて、それで、そうだよね、って。そのときは猫《ねこ》を拾うのをやめて、家まで帰ったんです。ほうっておいたら、また車にひかれちゃうかもしれないのに」

このままじゃ、かわいそうだよ――ほんとうはそう言いたかった。でも、言えなかった。ううん、言わなかった。そんなことを言ったら、明日から、学校での居場所《いばしょ》がなくなっていると、そんな確信《かくしん》があって。……ほんとうは、気持ち悪いなんて言わないでほしかった、猫《ねこ》がかわいそうだったのに。その子に言葉をあわせた自分がはずかしくて、その場で消えたいほどだったのに。

「……それで、どうしたの？」

蝶子《ちょうこ》さんの声はおちついていて、この話をいやがっているひびきはなかった。スケッチにいい場所を探《さが》しながら、話の先をうながしてくれる。

繭《まゆ》は顔をあげ、蝶子《ちょうこ》さんの背中《せなか》を見つめた。季節《きせつ》はずれなダウンジャケットも、この草の波のなかでは、それほどおかしく見えない。

「帰ったあと、お母さんが……お仕事から帰ってきてて、猫《ねこ》の話を聞いてくれて。それで、段《だん》ボール箱を持って、猫《ねこ》が死んでたところまで、いっしょにいってくれたんです。洗濯物《せんたくもの》も、晩《ばん》ごはんもあとまわしにして。古いタオルに猫《ねこ》をつつんで、箱にいれて、それで、ふたりして庭に、お墓《はか》を作ったんです」

ぷつぷつと、サイダーの泡《あわ》みたいに、記憶《きおく》が体のなかを浮《う》かびあがって、静《しず》かにはじけた。どうして、このことを忘《わす》れていたんだろう、そしていま、蝶子《ちょうこ》さんに話しているのだろう。先週会ったばかりのお姉さんに。

「わたしもあるよ」

蝶子《ちょうこ》さんがふいに、ぴたりと足をとめた。指で四角いフレームを作って、景色《けしき》をたしかめる。いつのまにか草の壁《かべ》はとぎれて、すぐそこを川が流れていた。おどろくほど、はばのひろい川だ。おだやかに流れる水のむこうに、対岸がほんのりと青みをおびて見える。

ここで描《か》こう、という合図に、たぶんかっ小判《こばん》のスケッチブックをとりだしながら、蝶子《ちょうこ》さんはつづけて言った。先週繭《まゆ》を描《か》いたのとはちがう、ちいさなスケッチブックだ。

「わたしのときは、へビだったな。通学路に、へビが死んでたの。繭《まゆ》ちゃんと同じ、かわいそうだから拾おうとしたら、まわりの子たちに、はやし立てられて。——まあでも、へビを拾うって、いま思えば、けっこうかわってるよね？　とにかく、生き物の種類《しゅるい》はちがうけど、あとは同じ。泣《な》きながら帰って、お母さんに言ったら、ヘビのいたところまで、いっしょにいってくれて。あのときは、たのもしかったな。まあ、わたしの場合は、お墓《はか》を作ったんじゃなくて、そばの田んぼのあぜ道に、土に還《かえ》れーって投げたんだけどね、お母さんが。うちのお母さん、豪快《ごうかい》だから」

蝶子《ちょうこ》さんは笑《わら》って、そして、描《か》きはじめた。川をじっと見て、息をして、そして鉛筆《えんぴつ》で紙の上に、それを吐《は》きだしてゆく。すこしずつ、慎重《しんちょう》に、やがて線は大胆《だいたん》さをつかまえて、すばやく動きはじめる。

繭《まゆ》は、あわてて自分の赤いスケッチブックを開いた。今日《きょう》は、繭《まゆ》も絵を描《か》くためにきたのだ。蝶子《ちょうこ》さんの座《すわ》る飛《と》び石《いし》のとなりの石の上へ、腰《こし》をおろす。お母さんの買ってくれたスケッチブックはおおきく、はがきを二枚《まい》あわせたほどの蝶子《ちょうこ》さんのものとくらべると、ずいぶんとおおげさに見えた。

「あのう……蝶子《ちょうこ》さんは、人間ですよね？」

パレットに絵の具をしぼりながら、思わず繭《まゆ》がたずねると、蝶子《ちょうこ》さんはふうわりとした頬《ほお》の上で、目をまるくした。そのあと、口のなかでくつくつと笑《わら》う。

「人間だよ。咲乃《さくの》さんも人間。オーナーは、よくわかんない。シシリーは人形、レモンは剥製《はくせい》。どうして動けるのか、わたしもよく知らない。どっちにしろ、ふたりとも友達《ともだち》だからね。正体はなんだっていい、いっしょにこうして、絵を描《か》ければ。——さて、じゃあ、マグパイの正体は、なんでしょう？」

「えっ」

考えながら、繭《まゆ》は四角い筆洗《ひっせん》に川の水をくんだ。

「わかんない……やっぱり、人間じゃないんですか？」

「そのうち、自分から言うかもね」

そうこたえて、蝶子《ちょうこ》さんは一瞬《いっしゅん》で、スケッチのために意識《いしき》を切りかえた。川の音が、いろんな疑問《ぎもん》を飲みこんで、流れてゆく。今日《きょう》の蝶子《ちょうこ》さんの道具は、鉛筆《えんぴつ》だけじゃなかった。まずは鉛筆《えんぴつ》で景色《けしき》のかげりだけを紙の上に描《か》きだして、その上に絵の具で色をつけてゆく。繭《まゆ》のプラスチック製《せい》のものよりもうんとちいさな、金属《きんぞく》のパレットから。水は、ペットボトルにいれてあった。チューブからしぼりだしたのじゃなく、絵の具はもともと、パレットの上にならんでいた。

真剣《しんけん》なまなざしを、風景《ふうけい》と紙の上に行き来させながら、蝶子《ちょうこ》さんは迷《まよ》わず色をまぜ、鉛筆《えんぴつ》描《が》きの上にのせてゆく。水が色をはこび、鉛筆《えんぴつ》の線だけだった絵に、奥《おく》ゆきと動きを生んでゆく……

（すごい……）

繭《まゆ》は、手を動かすのをほとんど忘《わす》れて、絵を描《か》く蝶子《ちょうこ》さんのすがたに見いった。繭《まゆ》のスカートの上に体をまるめたレモンが、繭《まゆ》の絵の具のにおいをふんふんとかいでいる。

蝶子《ちょうこ》さんは描《か》いているあいだ、ここにいるのにいないかのように思えた。意識《いしき》が透明《とうめい》になって、描《か》いている景色《けしき》に溶《と》けこんでしまったような。

絵筆を、繭《まゆ》もおそるおそる動かした。

新しいスケッチブックに、はじめて描《か》く絵だ。

手もとがふるえた。

たくさん足をはこんだ美術館《びじゅつかん》。あそこに展示《てんじ》されていた絵も、こんなふうにして描《か》きはじめられたんだろうか。自分にも、ちゃんと描《か》くことができるだろうか。

あのたくさんの絵の仲間《なかま》いりができたらいいなと、いつだったか繭《まゆ》は思ったことがあった。たくさん、たくさん絵を描《か》いて、あの数えきれない絵画の列に、いつか、そっと加《くわ》わることができたら——

川の水。草の穂《ほ》。ひろくて静《しず》かな景色《けしき》。

あれは何色だろう。どの絵の具をどれとまぜたら、あそこの水の色がだせるのだろう。どれくらい、筆を湿《しめ》らせれば。どのように手を動かせば。川は動いている。草はそよぐ。光と影《かげ》がひとときもとまらず、たわむれていりまじる。

繭《まゆ》は必死《ひっし》で、手を動かした。目のまえにひろがる風景《ふうけい》を、目のなかへ吸収《きゅうしゅう》した。繭《まゆ》を通過《つうか》して、景色《けしき》がただしくスケッチブックへ生まれだしてくるように。

（お母さんだって、絵が大好《だいす》きだったのに）

美術館《びじゅつかん》めぐりがおしまいになったのは、繭《まゆ》のせいだった。

小学四年生の冬。日曜日、バスに乗っていつもより足をのばし、いったことのない画廊《がろう》へいくことは、ずっとまえからきまっていた。ちいさなその画廊《がろう》で、お母さんも繭《まゆ》も大好《だいす》きな絵本作家の原画展《げんがてん》が開かれていたから。画廊《がろう》に、作家本人がいる日を調べて、何度もくりかえしページをめくったたいせつな絵本をかかえて、繭《まゆ》たちはでかけた。

朝から、繭《まゆ》はおかしな寒気《さむけ》がしていたのだけれど、いつもより多めに着こんで、お母さんとでかけた。ぞくぞくとした寒気《さむけ》はしだいにひどくなっていったけれど、絵本をぎゅっと抱《だ》きしめて、バスに乗った。お母さんが、ずっと楽しみにしていた日だもの。だいなしにするわけには、いかなかった。きっと、ちょっぴり寝冷《ねび》えしただけだ。

石造《いしづく》りの画廊《がろう》は、紅葉《こうよう》したツタに外壁《がいへき》をおおわれ、入り口のドアは赤く塗《ぬ》られて、それ自体が絵本からとりだされた建物《たてもの》のようだった。

なかへはいり、受《う》け付《つ》けでパンフレットをもらった。……そこで、繭《まゆ》は吐《は》いた。お腹《なか》のなかのものを、渋《しぶ》い風合いの木の床《ゆか》の上に。

お母さんが思いきり息を飲む音が頭上から聞こえ、繭《まゆ》は、頭のなかがまっ白になった。高い熱《ねつ》があって、そのまま、近くの病院へいったのだと思う。そのあとのことは、よくおぼえていない。

原画展《げんがてん》は見られなかったし、画廊《がろう》にいたはずの絵本作家に会うこともできなかった。かかえて持っていった絵本は、繭《まゆ》の吐《は》いたものがかかってしまったのだろう、そのとき以来《いらい》、二度と見ていない。お母さんが、子どものころからたいせつに読んできたの――そう教えてもらっていた絵本。

それきり、土曜日にも日曜日にも、ずらりとならぶ絵を見に、ふたりででかけることはなくなった。

繭《まゆ》の腰《こし》に、レモンがつめたい頭をこすりつけてきた。

「繭《まゆ》ちゃん、スケッチには、透明水彩《とうめいすいさい》を使うといいよ」

ふたりとも絵を描《か》きおわって、また草のなかを、あの青白いスケッチルームへもどるとき。蝶子《ちょうこ》さんは、繭《まゆ》にむかってそう言った。

「透明水彩《とうめいすいさい》？」

「そう。繭《まゆ》ちゃんが使ってるのは、小学校のでしょ。小学校で使うのは、不透明《ふとうめい》水彩《すいさい》っていって、かたまっちゃうともう溶《と》けない。いちいち、残《のこ》った絵の具を洗《あら》わなきゃいけないでしょう?」

繭《まゆ》は、熱心《ねっしん》にうなずいた。絵の具、と言えば、油絵の具以外《いがい》は、図工の時間に使うこの絵の具しか知らなかったから。さっき蝶子《ちょうこ》さんが使っていたあれが、透《とう》明水彩《めいすいさい》なのだろうか。

「透明水彩《とうめいすいさい》なら、一度パレットにだしておけば、水で溶《と》くだけですぐに色が使えるし、洗《あら》い流さなくていいから、とっても便利《べんり》。それに、すごくきれいだよ。繭《まゆ》ちゃんも、ひとつ持ってるといいかも」

さっき使った絵の具のパレットは、川の水で洗《あら》ってしまうのは気がひけて、そのままたたんでかばんにいれて持ってきていた。画材店《がざいてん》に、透明水彩《とうめいすいさい》が置《お》いてあるだろうか。今日《きょう》はすこしお小遣《こづか》いを持ってきたけれど、それで買えるだろうか

……

やがて、スケッチルームにもどってきた。

咲乃《さくの》さんとシシリーが先にもどっていて、こちらへ手をふった。

「おかえりなさい。マグパイったら、もうなかよ」

つやつやの頬《ほお》をふくらませて、シシリーが〈日曜日舎《にちようびしゃ》〉へ通じる木の扉《とびら》を指差《ゆびさ》した。

「先にココアを飲んでるんですって。まったく、自分勝手なんだから」

「まあまあ、怒《おこ》らないのよシシリーちゃん。さあ、お店にもどりましょうかね。寒くはなかった？　いい絵が描《か》けている？」

シシリーのちいさな背中《せなか》をうながす咲乃《さくの》さんは、明らかに絵の見せあいっこを楽しみにしている。

スケッチルームをあとにして、繭《まゆ》たちはお店へもどってきた。オーナーはあいかわらず柱時計《はしらどけい》のまえにきゅうくつそうに体を折《お》りまげて座《すわ》っているけれど、雨《あま》傘《がさ》を持つのと反対の手に、あつあつのココアがはいったマグカップを持っていた。

「おかえりなさい、みなさん。お先に飲み物をいただいております。スケッチはいかがでしたか？」

「いいのが描《か》けたと思うわ」

自信満々《じしんまんまん》にこたえたのはシシリーで、テーブルの上に行儀《ぎょうぎ》悪く腰《こし》かけてココアを味わっているマグパイに、ぴょんと近づいていった。かたわらに置《お》いているマグパイのスケッチブックを、ちいさな手が勝手に開く。

「マグパイ、あんたの絵って、まっ黒ばっかり」

勝手に絵を見られ、批評《ひひょう》されても、マグパイはひょうひょうとしていた。オーナーの持っているそれよりもおおきな、青いマグカップで、おいしそうにココアを飲んでいる。

「抽象概念《ちゅうしょうがいねん》をくみとって描《か》いてるのさ」

よくわからない言いまわしは、説明《せつめい》になっているのか、そもそも説明《せつめい》するつもりがあるのだか、わからない。シシリーはマグパイのスケッチブックをそのままに、自分の描《か》いたものをひろげてテーブルの上に置《お》いた。

「あたしのはこれ」

今日《きょう》のは、油絵じゃない。パステルを使って描《か》かれている。といっても、マシユマロめいたやわらかさはなく、色の基本《きほん》は青と灰色《はいいろ》におさえられていた。ところどころに織《お》りこまれたピンクや紫《むらさき》があざやかで、シシリーと咲乃《さくの》さんは、川ではなくて沼《ぬま》、あるいは池を描《か》いてきたらしい。

咲乃《さくの》さんも、そのとなりに自分の絵を置《お》いた。先週と同じ、色鉛筆《いろえんぴつ》。だけどその色合いは、どうやって描《か》いたのかわからないほどあざやかで複雑《ふくざつ》だ。咲乃《さくの》さんのスケッチブックには、水のなかを泳ぐ魚たちが描《えが》かれていた。

蝶子《ちょうこ》さんと繭《まゆ》も、みんなにならって絵をひろげた。繭《まゆ》のスケッチブックがいちばんおおきくて、なのに絵がいちばん下手《へた》なのは明らかなので、とんでもなく、はずかしかった。太い筆で、色をぺたぺたと塗《ぬ》っただけみたいだ。描《か》いている最中《さいちゅう》は、ちゃんと見たままをスケッチしているつもりだったのに。

「蝶子《ちょうこ》さんは、お若《わか》いのに渋《しぶ》い色をだされますねえ。お勉強家さんなのがうかがえます」

いつのまにかオーナーが立ちあがって、トレイにのせてみんなのぶんのココアをはこんできてくれた。傘《かさ》は、開いたまま器用《きよう》にあごと肩《かた》のあいだにはさんでいる。

蝶子《ちょうこ》さんは、えへへ、と笑《わら》った。笑《わら》うと、頬《ほお》にえくぼができる。

「わたし、美大受験《じゅけん》をめざしてるんですもん。将来《しょうらい》は、絵描《えか》きになるの」

「すてきねえ」

咲乃《さくの》さんが、うっとりとうなずきながら、ココアのカップをとった。

「それで、ペンネームを使っているわけ？」

シシリーが唐突《とうとつ》に言って、蝶子《ちょうこ》さんの目をまるくさせた。

「えっ、なんでわかるの？」

それに対して、シシリーは肩《かた》をすくめて巻《ま》き毛《げ》を揺《ゆ》すったきりだった。シシリーとレモンは、ココアを飲めない。人形たちは、猫《ねこ》をくすぐって遊びはじめた。幾匹《いくひき》かは逃《に》げ、幾匹《いくひき》かは逆《ぎゃく》にレモンをからかった。おとなしい動く剝製《はくせい》は、ふさふさの尾《お》をまるめて猫《ねこ》たちに降参《こうさん》をしめしている。

「蝶子《ちょうこ》さんの技量《ぎりょう》なら、きっとその道へも進めるでしょう」

オーナーが、陰気《いんき》な調子はかえないまま、だけど自信《じしん》をこめて言った。それから、スケッチクラブの面々を見まわして、おおきくうなずいた。

「みなさん。今月の最終《さいしゅう》日曜日に、〈日曜日舎《にちようびしゃ》〉の作品展《さくひんてん》を開催《かいさい》します。それぞれに、作品の準備《じゅんび》をしていただけますか」

「すてき！」

猫《ねこ》を追いまわしていたシシリーが、立ちどまってまっ先に歓声《かんせい》をあげた。

「今月の最終《さいしゅう》日曜日……急ですねえ。まにあうかしら」

咲乃《さくの》さんが、なめらかなしわをまとった頰《ほお》に手をあてる。雨傘《あまがさ》をかかげ、オーナーがもったいぶって手をふった。

「いえ、完成《かんせい》した作品をご用意いただくのではないのです。作品展《さくひんてん》のその日に、みなさんに合同で、即興《そっきょう》で絵を描《か》いていただきたいのです――みなさんに、スケッチクラブとしてひとつの絵を作りあげていただくのです。キャンバスは特大《とくだい》のものを用意します。なにを描《か》くか、作品展《さくひんてん》の日までに、スケッチで感覚《かんかく》を研《と》ぎすませておいていただきたいのです」

「おもしろそうだね。だけどひとつの作品ってのは、大丈夫《だいじょうぶ》かな？　シシリーは油絵ばかりだし、咲乃《さくの》さんは色鉛筆《いろえんぴつ》だろ。みんな画材《がざい》がばらばらだよ」

マグパイは賛成《さんせい》しつつ、質問《しつもん》もした。オーナーは、こっくりとうなずく。

「心配はいりません。みなさんがそれぞれに、得意《とくい》とされる描《か》き方《かた》を活《い》かすことのできる、特大《とくだい》のキャンバスを予定しております」

繭《まゆ》と蝶子《ちょうこ》さんは、目を見あわせた。話がうまく飲みこめていない繭《まゆ》に、蝶子《ちょうこ》さんはちょっと肩《かた》をすくめて笑《わら》ってみせた。

「なんだか、魔法《まほう》みたいな話だけど。もちろん、やってみたいです。時間は、スケッチクラブと同じなんですか?」

蝶子《ちょうこ》さんの質問《しつもん》に、オーナーは今度はかぶりをふった。

「いいえ、開催時刻《かいさいじこく》は、夜を考えています。……ただ、何度も申しますとおり、ここの時計《とけい》は、少々狂《くる》っておりますもので。あらためて、案内状《あんないじょう》をおわたししようと思いますが」

繭《まゆ》は、自分もそれに参加《さんか》していいのかどうか、だれかにたずねたかった。先週クラブにはいったばかりだし、絵だって、自分で思っていたより下手《へた》だったのだ。作品展《さくひんてん》は、見るだけにするほうがいいかもしれない……

と、繭《まゆ》のとまどいを見透《みす》かして、オーナーがこちらへ顔をむけた。

「もちろん、繭《まゆ》さんにも参加《さんか》していただきたいのですが」

「えっ、あの……」

繭《まゆ》はもじもじと、両の手をにぎりあわせた。最後《さいご》にいった画廊《がろう》と、そこでしでかした失敗《しっぱい》の場面が、頭のなかにぱちぱちとよみがえる。

「繭《まゆ》だって描《か》くのよ、きまってるでしょう？　なんのためにクラブにはいったっていうの？」

シシリーのおおきな目が、迷《まよ》いなく繭《まゆ》を見あげた。繭《まゆ》は、こねまわしていた手をおろして、ぎくしゃくと息を吸《す》った。矢じるし……先週、ここへ繭《まゆ》を導《みちび》いた矢じるしたちを思いだした。つぎの色、またつぎの色が見たくて、夢中《むちゅう》でたどった矢じるし。あんなふうな色を、繭《まゆ》も生みだすことができたら、どんなにいいだろう。絵画の列に、そっと加《くわ》わることができたら。

「……わ、わたしも、描《か》きたいです。……でも、あの……えっと、透明水彩《とうめいすいさい》っていうのを、ここに置《お》いてありますか？」

見あげると、雨傘《あまがさ》におおわれたオーナーの青白い顔には、ぬうっと奇妙《きみょう》な表情《ひょう》が浮《う》かんでいた。ひょっとして、笑《わら》った顔なのかもしれない。

「もちろん、あります。好《す》きなものをお選《えら》びください」

オーナーが、絵の具の棚《たな》をゆったりとした動作でしめした。

近づいて、見てみる。見たこともない色、はじめて読む名前。微妙《びみょう》な色合いのちがいで、数えきれないほどの絵の具が、細かく仕切られた棚《たな》にひしめいていいる。

そばには、パレットも置《お》いてあった。蝶子《ちょうこ》さんが使っていたのと同じ、金属製《きんぞくせい》のものだ。それに、しぼりだした絵の具じゃない、もともとかたまった絵の具がつまっているちいさなパレットもある。

……ただ、どれも、繭《まゆ》のお小遣《こづか》いでは手がとどかなかった。チューブの絵の具だって、四色も買えばお財布《さいふ》がからっぽになってしまう。

かたまっている繭《まゆ》の背中《せなか》を、ぽんと蝶子《ちょうこ》さんがたたいた。

「繭《まゆ》ちゃん、じゃあこうしよう。いまは、こっちのプラスチックのパレットだけ買うの。ほんとはほうろう引きのがおすすめだけど、それはまた、おおきくなってからでもいいじゃない？　それで、来週、パレットにいれる絵の具を、わたしのからわけてあげるよ」

「名案《めいあん》ね。それじゃ、来週はわたしも絵の具を持ってきましょう。繭《まゆ》ちゃんが、たくさん選《えら》べるように」

咲乃《さくの》さんが、手をあわせた。

それで繭《まゆ》は、言われたとおり、プラスチック製《せい》の新しいパレットを買うことにした。……どきどきした。絵を描《か》く道具を、新しく自分で買うなんて。まっ白なパレットに、つぎのスケッチクラブで、蝶子《ちょうこ》さんたちが色をわけてくれるという。

「ほんとですか？　ほ、ほんとに、いいんですか？」

繭《まゆ》が、あんまり何度もたずねるので、とうとう蝶子《ちょうこ》さんが頬《ほお》をふくらませた。

「作品展《さくひんてん》に参加《さんか》するんでしょう？　今月最後《さいご》の日曜日っていったら、それまでに、あと二回しかスケッチクラブはないのよ。繭《まゆ》ちゃんがたくさんスケッチできるように、たすけちゃだめってことはないよね？　――さあ、じゃ、わたし、アルバイトにいってきます。ココア、ごちそうさまでした」

早口で言い、繭《まゆ》の背中《せなか》を元気いっぱいにてのひらでたたくと、例《れい》のおおきな黒いバッグを担《かつ》いで、蝶子《ちょうこ》さんはでていってしまった。

「それでは、また来週」

オーナーが丁寧《ていねい》に包装《ほうそう》してくれたパレットを、繭《まゆ》はスケッチブックといっしょにだいじにかかえた。

「また来週」

咲乃《さくの》さんも、シシリーの頭をなで、レモンの背中《せなか》をなでて、〈日曜日舎《にちようびしゃ》〉をあとにする。猫《ねこ》たちが、いっしょにぞろぞろとドアをくぐり、咲乃《さくの》さんについてゆくものもあれば、好《す》き勝手《かって》に走ってゆくものもあった。

「ありがとうございました。それじゃあ……」

ぺこりと頭をさげ、繭《まゆ》も外へでた。頭がくらくらする。

先週と同じだ。夢《ゆめ》だったのじゃないかと心配になる。あのスケッチルームは、ほんとうに存在《そんざい》したんだろうか。繭《まゆ》が描《か》いた下手《へた》くそな川は、ほんとうに流れていたんだろうか。

ペンネーム。蝶子《ちょうこ》さんというのは、ほんとうの名前じゃないのだろうか……

昼間の日ざしが目のなかにこぼれてくる。きっと、お母さんたちが待っている。

繭《まゆ》はスケッチブックをかかえて、坂道を走ってくだった。

そういえば、マグパイはまだお店のなかにいるのかな――ちらりと、頭のすみで思った。

忘《わす》れ物《もの》、それから名前

帰り着くと、家のなかの空気が、朝とはちがっていた。

靴《くつ》をぬぎ、靴下《くつした》の足で廊下《ろうか》をふんだ瞬間《しゅんかん》から、繭《まゆ》の体はひやりと緊張《きんちょう》した。

「……ただいま」

問いかけるように、ちいさく言う。家のなかは、しんとしている。ううん、ちがう。うんとしぼった音量《おんりょう》で、ラジオがなにかをしゃべっている。けれど、音がちいさすぎて、おしゃべりの内容《ないよう》はわからない。

「おかえり」

台所には、お母さんだけがいて、流しで食器《しょっき》を洗《あら》っていた。

「た、ただいま」

繭《まゆ》のこわばった声に、ちらっと目をあげたお母さんが、長いため息をついた。

それで、繭《まゆ》は事態《じたい》を察《さっ》した。お父さんは、二階の寝室《しんしつ》にいる。車もとまっていたし、玄関《げんかん》に靴《くつ》があったから。繭《まゆ》がスケッチクラブにいっているあいだに、たぶん、けんかしたのだ。

「お父さんね、疲《つか》れちゃったって、お部屋《へや》で寝《ね》てるの。おでかけは、またいつかね。繭《まゆ》ちゃん、手を洗《あら》ってきて。お昼ごはん、食べなさいね」

にこりともせずに、お母さんは手を動かしつづけている。

「……はい」

繭《まゆ》はそうっと、洗面所《せんめんじょ》へむかった。お父さんたちのけんかの原因《げんいん》が、自分かもしれないと思うと、お腹《なか》のあたりがすうっとつめたくなった。せっかくの、お父さんのお休みだったのに。お母さんは、ずっとこの日を楽しみにしていたはずなのに。

手を洗《あら》うついでに、今日《きょう》使ったパレットも洗《あら》った。念入《ねんい》りに、きれいに。まじりあっておかしな色になった絵の具が、挑《いど》みかかるように排水口《はいすいこう》へ流れこんでいった。


新しいパレットがない。そのことに気づいたのは、もう夕方近い時間になってからだった。

〈日曜日舎《にちようびしゃ》〉で、今日《きょう》買ったまっさらのパレットだ。オーナーに包装《ほうそう》してもらって、繭《まゆ》はたしかに、だいじに手に持って帰ったはずなのに。

四時、お父さんはまだ寝室《しんしつ》で寝《ね》ていた。疲《つか》れているのはほんとうだろう、ずっとお仕事つづきだったのだもの。

自分の部屋《へや》で画集をひろげていた繭《まゆ》は、パレットがないのに気づくと部屋《へや》じゅうを探《さが》し、つぎに一階へおりてリビングと台所を探《さが》した。お母さんが、もう夕飯《ゆうはん》のしたくをはじめている。メニューはグラタンだ。

「どうかした？」

うろうろとおちつかない繭《まゆ》を、お鍋《なべ》をかきまぜながらお母さんがふりかえった。

「うんと……忘《わす》れ物《もの》、してきたみたい。スケッチクラブで。とりにいってきていい？」

家じゅう探《さが》したけれど、ない。あと考えられるのは、お店に忘《わす》れてきたということくらいだ——たしかにスケッチブックといっしょにかかえてお店をでたはずで、〈日曜日舎《にちようびしゃ》〉に忘《わす》れてきたというのも、考えにくくはあったのだけれど。

繭《まゆ》は、へんに空気がぴりぴりしたままの家のなかにいるのが、つらかった。一度でて、もどってきたら、そうしたらお父さんとお母さんが仲直《なかなお》りしているかもしれない、そんな期待もあった。

（子どもっぽい……）

自分でも、ひややかにそう思った。そんな卑怯《ひきょう》な期待をするなんて。でも、パレットは探《さが》しにいかなくては。

「暗くならないうちに帰ってきてよ」

「はい」

繭《まゆ》は玄関《げんかん》のドアを、音をたてないよう注意しながら閉《し》め、住宅地《じゅうたくち》をぬけ、並木《なみき》道《みち》をめざした。

おもての風はもう、ずいぶんとつめたい。

昼間が去ってしまうのが、どんどんはやくなる。繭《まゆ》はあたりをきょろきょろ見まわしながら、〈日曜日舎《にちようびしゃ》〉への道を歩いた。ひょっとしたら、帰り道で落としてしまったのかもしれないから。

でも、パレットは見つからないまま、繭《まゆ》は〈日曜日舎《にちようびしゃ》〉のガラスの扉《とびら》のまえに立っていた。なかに明かりがともっている。もう、そんなに暗いのだ。

ひとつ深呼吸《しんこきゅう》をして、ドアを開けた。ドアベルの音が、なんだかいままでよりもくぐもって聞こえる。

ココアのにおいがしない。かわりに、油絵の具のにおいが鼻をついた。重厚《じゅうこう》で深い、溶《と》き油のにおい。シシリーがまた絵を描《か》いているんだ……そう思ってドアをくぐった繭《まゆ》は、一瞬《いっしゅん》、身をすくめた。描《か》きかけのキャンバスをまえに、椅子《いす》に人形が座《すわ》っている。深緑とクリーム色のしまのリボン、はしばみ色の巻《ま》き毛《げ》、たしかにシシリーだ。でも、その人形は動かなかった。絵筆をにぎってすらいなかった。椅子《いす》の上に座《すわ》り、ガラス玉の目で、じっと描《か》きかけの絵を見つめている。

くちびるも、まつ毛の一本も動いていない。繭《まゆ》がドアベルを鳴らしたのに、シシリーはただの人形のままだった。

「……シシリー？」

おそるおそる、のぞきこむ。魔法《まほう》を剝奪《はくだつ》された骨董品《こっとうひん》の人形が、動かない目をただぽっかりと見開いて、勝気そうな頬笑《ほおえ》みを陶器《とうき》の顔に貼《は》りつけている。

「昼寝中《ひるね》だよ」

声がして、繭《まゆ》はほんとうに何センチか、とびあがってしまった。店の奥《おく》、オーナーがいつも座《すわ》っている木箱に腰《こし》かけてこちらを見ているのは、マグパイだった。オーナーはいない。柱時計《はしらどけい》だけが、かわらずにカチカチと時間の音を刻《きざ》んでいた。

「もう古い人形だもの、ずっと動いてると疲《つか》れちゃうんだろ。心配しなくていいよ、つぎの日曜日には、またピンピンしてるさ」

「レモンも……？」

「もちろん」

壁《かべ》ぎわへ目をやると、そこには目に青いガラス玉をはめこまれた狐《きつね》の剝製《はくせい》が、いまにも動きだしそうな、けれども絶対的《ぜったいてき》にぎこちない姿勢《しせい》でじっとしていた。

「ね、いちばんいいポーズをしてるだろ」

なんでもないという口ぶりで、マグパイが人形たちを不安《ふあん》げに見やる繭《まゆ》を元気づけようとした。でも、繭《まゆ》の背中《せなか》には不気味《ぶきみ》なつめたさがへばりついていて、消えない。

「いま、オーナーが外出中で、留守番《るすばん》をまかされてるんだ。探《さが》してるの、これだろ?」

けろりと、マグパイがさしだしたのは、繭《まゆ》が今日《きょう》買ったパレットだった。ちゃんと、紙袋《かみぶくろ》にはいったままだ。それを見たとたん、ようやく繭《まゆ》の緊張《きんちょう》はほぐれた。

「よかった、あった……」

思わず、声がもれる。繭《まゆ》はパレットを抱《だ》きしめた。だけど、へんだ。たしかにお店をでるとき、手に持っていたはずなのに……

繭《まゆ》のようすをかすかなにやにや笑《わら》いでもって見守っていたマグパイが、柱時計《はしらどけい》を見あげる。

「そろそろ、帰ってくるかな。ぼくももう、いこうっと」

あっさりとそう言うので、繭《まゆ》は仰天《ぎょうてん》した。

「い、いいの？　留守番《るすばん》中なんでしょ？」

「ほんの数秒くらい、いいだろ？　お腹《なか》へったんだ」

まったく、マグパイは自由だ。

それで、ふたりいっしょにお店をでた。風がつめたい。さっきよりも暗く沈《しず》んだ並木道《なみきみち》には、ぽつりぽつりとたよりない街灯《がいとう》の明かりがともっている。ドアを閉《し》めるまえに、もう一度お店のなかをふりかえる。シシリーとレモンは、同じ姿《し》勢《せい》のまま、画材店《がざいてん》のなかにしっくりと溶《と》けこんでいる。

「マグパイって、不思議《ふしぎ》な名前だね」

来週くるときには、繭《まゆ》もマグパイのようにマフラーを巻《ま》いてこないといけないだろう。そう思いながら、繭《まゆ》は思いきって、そう言ってみた。

「そうかな？」

夕暮《ゆうぐ》れの並木道《なみきみち》を、繭《まゆ》と同じ方向へ、先にゆっくりとくだっていたマグパイが、くるりとふりむいた。

「繭《まゆ》だって、じゅうぶんかわった名前だと思うけどな」

「えっ」

繭《まゆ》が目をまるめたときには、すばやくきびすをかえしたマグパイの指先が、繭《まゆ》の顔をまっすぐにさししめしていた。マグパイは、にやりと笑《わら》っている。目を細めて、いたぶれる獲物《えもの》を見つけたカラスみたいに。

「繭《まゆ》って、幼虫《ようちゅう》と成虫《せいちゅう》のあいだだろ。中身は、なんなのさ」

たぶん繭《まゆ》は、ぽかんと口を開けていたと思う。なにか言おうとして、でも言葉が出なかったから。

そんなことを、言われたこともなければ、考えたことだってなかった。繭《まゆ》の、中身？

翅《はね》をひろげられるなにかが、はいっているはずの——

「じゃ、またね」

マグパイはあっさりと、そのまま回れ右をした。長すぎるマフラーが、動きにあわせてたなびく。

そのとき繭《まゆ》は、見た。長い白のマフラーが、うねってはためいたかと思うと、

毛糸の編《あ》み目《め》を一枚《まい》ずつの羽にかえ、翼《つばさ》の形をなして、マグパイの背中《せなか》にとりつくのを。灰色《はいいろ》の服の背中《せなか》に、マフラーだった翼《つばさ》をまとって、マグパイは坂道を飛《と》びたった。軽い手品かなにかのようなあっけなさで、ただ、その羽音《はおと》だけはバサバサと大仰《おおぎょう》だった。

靴《くつ》がみるまに舗装《ほそう》をはなれ、薄《うす》らいだその影《かげ》も、またたくまに去ってゆく。ふりあおいだ繭《まゆ》は、ぼやけた夕暮《ゆうぐ》れの空を、一羽《わ》の鳥が飛《と》びさってゆくのを見た。

「……飛《と》べるんだ」

それをまのあたりにしても、繭《まゆ》はあんまりおどろかなかった。ううん、やっぱり、という気がしていた。マグパイは、そういう男の子なのだ。……ただ、飛《と》べるのだということが、すこしうらやましかった。

知らず知らず、胸《むね》に手をあてていた。そこはからっぽみたいに、温かいのに、しんとしていた。

第3日曜日

雨がくる

「……また、暗い顔」
お母さんがそう言ったのは、おとといの金曜日、お母さんが本屋さんでの仕事をおえて帰ってきた直後だった。繭《まゆ》はリビングで画集を見ていて、ふつうにおかえり、と言ったつもりだった。だけどなにかが、ひどくお母さんをいらだたせてしまったらしい。
夕飯《ゆうはん》の買《か》い物袋《ものぶくろ》を台所にどさっと置《お》いて、お母さんはぜったいにこちらを見ずに、手を洗《あら》ってお湯をわかし、野菜《やさい》を刻《きざ》んでとり肉に塩《しお》をふった。

ふたりきりの夕食。ラジオをつけなくちゃ、繭《まゆ》はそう思った。お母さんのために、ラジオをつけてあげないと。……でも、そう思うだけで、体は動かなかった。お母さんのいらだちが空気をきしませて、そのなかを繭《まゆ》は、自分の意志《いし》で動くことができない。

なにが気にさわったのだろう、ずっとそれを考えながら、いつもどおり食卓《しょくたく》につき、いただきますを言い、ごはんを口へはこんだ。

先に野菜《やさい》ばかりにお箸《はし》をつけながら、ふいにお母さんがこちらへ声をむけた。

「……ねえ、繭《まゆ》ちゃん」

お母さんはいつも繭《まゆ》のことを、「繭《まゆ》ちゃん」と呼《よ》ぶ。まるでよその子みたいに。

「繭《まゆ》ちゃん、笑《わら》っててよ。お父さんが忙《いそが》しくて、さびしいのはわかるけど。お母さんは、繭《まゆ》ちゃんが笑《わら》ってるほうが好《す》き」

繭《まゆ》はぎくりとして、お箸《はし》を動かすのをやめる。お母さんの言葉は、とめようとしても壊《こわ》れてしまった蛇口《じゃぐち》の水のように、どんどんとあふれた。

「今日《きょう》、学校で……担任《たんにん》の先生とカウンセラーの先生に、お会いしてきたのよ。聞かれたの、病院にはいかれましたか、って。クラスでいじめのような問題はありませんでした、繭《まゆ》さんご自身の問題なのかもしれません、って……」

ラジオ。ラジオをつけないと。なのに繭《まゆ》は動けない。お母さんの言葉があふれるのを、お料理《りょうり》の湯気とにおいが漂《ただよ》う家のなかで、ただじっと座《すわ》って聞いていた。

「繭《まゆ》ちゃんは病気じゃないわよ。おかしくなんかない。でも学校にいけないの。どうする？　どうしたらいい？　ねえ繭《まゆ》ちゃん、お願い。せめて暗い顔しないで。笑《わら》ってて」

おいしそうにできあがった食事を、食べかけのままさめるにまかせて、お母さんはしゃべっている。その肩《かた》から、背中《せなか》から、近づきがたい気配が発せられている。でもその気配は同時に、見えない巨大《きょだい》な手みたいにこちらへのびてきて、繭《まゆ》の体をからめとる。繭《まゆ》は、身動きがとれない。

お母さんが、ちいさな子どもみたいに苦しんでいる。立ちあがって、そばへいって、なぐさめたかった。泣《な》かないで、とほとんど懇願《こんがん》するような気持ちが胸《むね》の奥《おく》からつきあがってきて、だけど繭《まゆ》は、お母さんの苦しみの原因《げんいん》が、自分なのだと思いだす。

すうっと、世界が暗く遠のいた気がした。

お父さんは、今日《きょう》もおそくなる。はやく帰ってきて、お母さんをたすけてあげてほしかった。だって繭《まゆ》には、それができない。お母さんに近づくことが、繭《まゆ》にはできない。

「……ごめんなさい」

お箸《はし》を置《お》くと、繭《まゆ》は立ちあがって、そっと自分の部屋《へや》へひきあげた。なるべく音をたてないように。繭《まゆ》の気配が、家のなかの空気をかき乱《みだ》さないように。お母さんが作ってくれた晩《ばん》ごはんを、ほとんど残《のこ》してしまった。

ドアを背《せ》に座《すわ》りこんで、スケッチブックを抱《だ》きしめる。息をとめたのは、階下から、お母さんの泣《な》く声が聞こえてきたからだ。この世がおわるというニュースを、だれよりはやく聞いてしまった人みたいに、お母さんは泣《な》いていた。そのことをだれにも言えずに、だれにもたすけてもらえずに、だれからも見はなされて。

……それが、金曜日のできごとだった。

そして日曜日に日付《ひづけ》がかわった夜明けまえ、繭《まゆ》はベッドの中で、うまく笑《わら》えない自分の頬《ほお》をつねりながら、雨の音を聞いている。真夜中ごろから降《ふ》りだした雨は、雨脚《あまあし》を強めたり弱めたりしながら、いつまでも窓《まど》ガラスをたたいている。

金曜日のできごとのあと、お父さんとお母さんがどんな話をしたのか、知らない。お父さんの帰宅《きたく》はずっと真夜中ごろだから、ふたりが話す時間があったのかどうかもわからない。

お母さんをこれ以上《いじょう》苦しめない方法《ほうほう》は、わかりきっていた。繭《まゆ》が、また学校へいけばいいのだ。まえのように、ほかの子といっしょに、学校へいきさえすれば。

繭《まゆ》は、机《つくえ》のわきにかけっぱなしのランドセルの色を思い浮《う》かべた。薄紫《うすむらさき》のふちどりのついた、つやつやとしたピンク。小学二年生のときに亡《な》くなったおばあちゃんが買ってくれたもので、お母さんは茶色のほうが服にあわせやすいし長く使えるとねばったのだけれど、おばあちゃんは「繭《まゆ》ちゃんにはかわいい色が似合《にあ》いますよ」の一点張《いってんば》りで、このランドセルが選《えら》ばれた。だれも機嫌《きげん》を悪くせずに買い物がおわるのなら、繭《まゆ》はランドセルがどちらの色になってもよかった。

（月曜日になったら……）

あのランドセルをせおって、学校にいこうかという考えが、繭《まゆ》の体のなかを異《い》物《ぶつ》のようにぐるぐるとうごめきつづけていた。教科書をいれて。時間割《じかんわり》のプリントは、夏休み明けに担任《たんにん》の先生がようすを見にきたときに、もらっている。二学期から新しくなった教科書も数冊《すうさつ》、いっしょに。

頬《ほお》をつねる。ひっぱる。笑《わら》い方《かた》が、繭《まゆ》にはよくわからなかった。

あのランドセルを買ってもらったとき、自分はちゃんと笑《わら》えていただろうか。うれしそうに、笑《わら》えただろうか。

学校へいって、お母さんたちを安心させようという考えに全身をむしばまれながら、だけど繭《まゆ》は、今日《きょう》が日曜日なのだということに、心の底《そこ》からほっとしていた。

繭《まゆ》の中身はなんなのさ、という、先週のマグパイの言葉が、からっぽの胸《むね》のなかにずっとひびいていた。

繭《まゆ》は、朝がくるのを待った。雨に閉《と》ざされ、じりじりとしか進まない夜の時間を、けんめいに耐《た》えた。

夜が明けても、雨はやまなかった。今日はずいぶんと寒い。

朝ごはんは、テーブルの上に用意されていた。繭《まゆ》のぶんだけ。お父さんは、今日《きょう》もお仕事だ。

お母さんは、観葉植物《かんようしょくぶつ》でいっぱいのリビングで、新聞を読んでいた。インクのにおいが、雨のにおいとまじりあう。ぶどうパン、ヨーグルト、バナナ、温めた牛乳《ぎゅうにゅう》を、繭《まゆ》はいそいそとお腹《なか》へいれた。

「……繭《まゆ》ちゃん」

新聞をめくる音をわざとかぶせながら、お母さんが呼《よ》んだ。繭《まゆ》は、台所のテーブルから顔をあげる。

「こないだは、ごめんね。お母さん、きついこと言って。晩《ばん》ごはん、食べられなくしちゃって」

視線《しせん》を落としたまま、だけどお母さんの目は文字を追っていない。たぶん。

「スケッチクラブ、気をつけていってらっしゃいね」

「……はい」

繭《まゆ》はこたえて、食べおわった食器《しょっき》を流しへはこび、自分で洗《あら》った。

「いってきます」

でかけるときも、お母さんは顔をあげないままだった。

こんな天気では、ポメラニアンたちも散歩《さんぽ》にでてはいなかった。

繭《まゆ》の傘《かさ》は透明《とうめい》で、猫《ねこ》の足あとがところどころにプリントされている。落ちてくる雨を、傘《かさ》の下からすっかり見あげることができる。

かばんのなかにはちゃんと、先週買った、そして忘《わす》れてお店へとりにもどったまっさらなパレットがはいっている。雨の日でも、マグパイは空を飛《と》んでくるのだろうか。

イチョウ並木《なみき》も、じっとりと色調を沈《しず》めている。地面に落ちてそのままの実が、いやなにおいをはなっていた。

傘《かさ》を閉《と》じ、入り口わきの傘立《かさた》てにさす。〈日曜日舎《にちようびしゃ》〉のドアを、繭《まゆ》はほとんどすがるようにして開いた。

ドアベルのにぎやかな音が、混乱《こんらん》しかかっている心をひっかきまわして、逆《ぎゃく》におちつかせてくれた。

繭《まゆ》は、息を吸《す》う。ココアのにおい。

「待ちくたびれたわ」

椅子《いす》の上から、ぴょこりとシシリーが顔をのぞかせた。よかった、ちゃんと動いている。レモンもすばやく駆《か》け寄《よ》ってきて、繭《まゆ》の足に頭をこすりつけた。

「見て！　作品展《さくひんてん》の案内状《あんないじょう》よ。すごいでしょう？」

シシリーのちいさな手が、はがきサイズの紙をかかげている。そばへいってみると、しっとりと紺色《こんいろ》に染《そ》まったおもてに、銀色のインクで『〈日曜日舎《にちようびしゃ》〉作品《さくひん》展《てん》……十月最終《さいしゅう》日曜日の夜、開催《かいさい》。時間は真夜中まで』と書かれ、そのまわりには、さまざまなおおきさの星がちりばめられている。星のおおきさがまちまちなせいで、ひらべったい案内状《あんないじょう》に奥《おく》ゆきがあるように感じられ、そのなかへ吸《す》いこまれそうな気がした。

「すてき……」

繭《まゆ》は、ため息まじりに感想を言った。この案内状《あんないじょう》のしめす作品展《さくひんてん》で、ほんとうに自分も、絵を描《か》くのだろうか……

「なかなかの力作になったと思います」

お店の奥《おく》から、オーナーが雨傘《あまがさ》をかかげて言った。

「オーナーさんが、作ったんですか?」

白黒の傘《かさ》の下で、オーナーは青白い首を折《お》って、うなずいた。

今日《きょう》はまだ、咲乃《さくの》さんもマグパイも、きていないみたいだった。蝶子《ちょうこ》さんも。

咲乃《さくの》さんがいないのに、何匹《なんびき》かの猫《ねこ》は、もうどうどうと画材店《がざいてん》のなかを歩きまわり、ソファの上や陳列棚《ちんれつだな》の上でくつろいでいた。この猫《ねこ》たちは、〈日曜日舎《にちようびしゃ》〉に泊《と》まりこんでいたのかもしれない。

「……繭《まゆ》、なにかいやなことでもあったの？」

シシリーが、青みをおびた琥珀《こはく》みたいな目で、ななめにこちらを見あげている。繭《まゆ》はどきりとして、だけど、あわてててのひらをふった。

「ううん。ううん、元気だよ。だってほら……今日《きょう》は、蝶子《ちょうこ》さんたちにパレットを作ってもらうって、約束《やくそく》の日だもの」

自分の言葉が、繭《まゆ》の心をふくらませた。そうだ。ここまでくれば、もう大丈夫《だいじょうぶ》。まっさらなパレットに、今日《きょう》は絵の具をわけてもらう日だもの。

「おはようございます。よく降《ふ》るわねえ」

おもてで傘《かさ》をたたんで、咲乃《さくの》さんがはいってきた。雨降《あめふ》りのせいで、猫《ねこ》たちの大半は留守番《るすばん》をしているらしい。白にきつね色の模様《もよう》がはいった、おだんごみたいな一匹《ぴき》だけが、咲乃《さくの》さんの肩《かた》にどっしりと乗りかかって、ここまでいっしょにきていた。おだんご猫《ねこ》は、〈日曜日舎《にちようびしゃ》〉へはいるなり、咲乃《さくの》さんの肩《かた》からとびおりて、レモンにちょっとだけ牙《きば》を見せ、するすると花柄《はながら》のソファへむかっていった。

繭《まゆ》のパレット

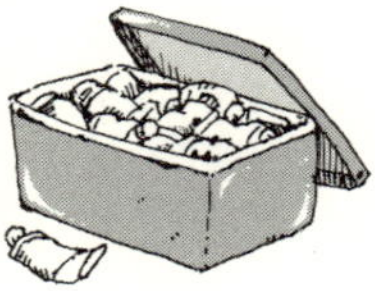

ふたたび、ドアベルがけたたましく揺《ゆ》れた。
「ごめんなさい、おそくなっちゃった」
はいってきたのは、蝶子《ちょうこ》さんだ。繭《まゆ》は、駆《か》けこんできた蝶子《ちょうこ》さんが、傘立《かさた》てに傘《かさ》をしまわなかったのを、不思議《ふしぎ》に思った。雨が降《ふ》りつづいているのに、蝶子《ちょうこ》さんは最初《さいしょ》から、傘《かさ》を持っていなかったのだ。……それなのに、服も髪《かみ》も、ぬれてはいなかった。
それ以上《いじょう》に、繭《まゆ》の目をまるくさせたのは、蝶子《ちょうこ》さんが、高校の制服《せいふく》を着ていることだった。深いカーキ色の制服《せいふく》の上に、黒いダッフルコートをはおっている。今日《きょう》は、日曜日なのに——スケッチクラブのあと、いつも蝶子《ちょうこ》さんは、アルバイトがあると言ってでてゆくのに。

高校生になると、日曜日でも、学校にいかないといけないことがあるんだろうか？

「あれっ、遅刻《ちこく》かと思ったら、まだ九時まえでした？　よかった、五分まえ行動できた」

蝶子《ちょうこ》さんはそう言って、えんじ色のリボンが結《むす》ばれた制服《せいふく》の胸《むね》をなでおろした。

繭《まゆ》はとっさに、オーナーの背後《はいご》で振《ふ》り子《こ》を揺《ゆ》らす柱時計《はしらどけい》を見あげた。凝《こ》った装《そう》飾《しょく》をされた時計《とけい》の針《はり》は、蝶子《ちょうこ》さんの言うとおり、九時すこしまえをさしている。そんなにはやく、繭《まゆ》は家をでてきたのだろうか。無意識《むいしき》に、お母さんをさけて。

蝶子《ちょうこ》さんは、今日《きょう》はあのおおきな黒いバッグを持っていなかった。学校かばんも持っていない。かわりに、先週のスケッチのときに持っていった、白い帆布地《はんぷじ》のかばんをななめがけにしている。

「あの、すみません。せっかく遅刻《ちこく》せずにすんだんだけど、今日《きょう》はちょっとこれから用事があって、すぐいかなくちゃならなくて。繭《まゆ》ちゃんのパレットだけ、作らせてね。ほんとに、すみません。今日《きょう》は急ぎで」

「あらまあ」

早口で告《つ》げる蝶子《ちょうこ》さんに、咲乃《さくの》さんが頬《ほお》をおさえた。

「大丈夫《だいじょうぶ》？　蝶子《ちょうこ》ちゃん、ひょっとして……」

言いかかった咲乃《さくの》さんの言葉を笑顔《えがお》でさえぎって、蝶子《ちょうこ》さんは、手をふった。

「ほんと、たいした用事じゃないんです。でも、どうしてもいかなきゃいけなくて」

それから蝶子《ちょうこ》さんは、ごめんね、と繭《まゆ》に手をあわせてみせた。

「繭《まゆ》ちゃんとの約束《やくそく》ははたさなきゃ、って、あわててきたんだよう。ほら、これ、わたしの透明水彩《とうめいすいさい》」

蝶子《ちょうこ》さんのかばんから、外国製《がいこくせい》のお菓子《かし》がはいっていたらしい、四角い缶《かん》がとりだされた。ふたを開けると、そこにはぎっしりと、絵の具のチューブがつまっていた。

「わあ」

繭《まゆ》は思わず、声をあげる。学校の絵の具みたいに、仕切られてきちんとならんでいるのじゃない。たくさん使ったものはおしりをくるくるとねじられ、古いものはラベルをはげさせ、缶《かん》のなかに、どの色もいっしょくたに、ごったがえしている。海賊《かいぞく》の宝箱《たからばこ》、そんな風情《ふぜい》だった。

「わたしも、持ってきましたよ」

咲乃《さくの》さんが、野の花の刺繍《ししゅう》の手さげバッグから、きんちゃく袋《ぶくろ》をとりだす。さかさまにして、ぱらぱらと飴玉《あめだま》のように、透明水彩《とうめいすいさい》のチューブをテーブルの上に降《ふ》らせた。

「さ、繭《まゆ》ちゃんのパレットをだして」

マグパイは、まだこない。繭《まゆ》は、先週、買ったばかりのこのパレットをお店に忘《わす》れてしまったこと、とりにもどるとマグパイが店番をしていて、シシリーとレモンが命のない人形と剝製《はくせい》にもどっていたことを、けっして口にしないでおこうと思った。〈日曜日舎《にちようびしゃ》〉の時計《とけい》は、狂《くる》っている――その狂《くる》いを、不注意《ふちゅうい》なおしゃべりが、よりおおきくしてしまう。そんな気がした。

繭《まゆ》はまっ白なパレットをかばんからだし、ふたつ折《お》りになったそれを、開いて絵の具たちのそばに置《お》く。

「あの……わたし、透明水彩《とうめいすいさい》は使うの、はじめてです。家にある絵の本は読んでみたけど、どれを選《えら》んだらいいのか、わからなくて。蝶子《ちょうこ》さんたちに、選《えら》んでもらってもいいですか？」

そう言ったのは、だいじな絵の具をわけてもらうほうとして、気がひけたというのもあったし、このたくさんのなかから、繭《まゆ》がひとつずつ選《えら》んでいては、蝶子《ちょうこ》さんが用事にまにあわなくなってしまうと思ったからだ。

申し出に、蝶子《ちょうこ》さんも咲乃《さくの》さんも、すんなりうなずいてくれた。シシリーが、わくわくしたようすでなりゆきを見ている。

まずは、蝶子《ちょうこ》さんがチューブを選《えら》んだ。繭《まゆ》の、プラスチックのパレットに、絵の具がすこしずつしぼられてゆく。何種類《しゅるい》もの青や赤、白やいろんな緑もあったけれど、繭《まゆ》があまり使うことのない、こげ茶や土の色もあった。それに、ネオンのようなピンクや紫《むらさき》も。まっ白だったパレットに、あっというまに色が整列した。

「繭《まゆ》ちゃんなら、こんな色も好《す》きじゃないかしら」

そう言いながら、淡《あわ》いオレンジの絵の具をしぼってくれたのは、咲乃《さくの》さんだった。

「それに、こんなのも」

それは、雨の色を連想《れんそう》させる、くすんだ水色。それが、パレットの仕上げの色になった。

「すごい……」

繭《まゆ》は、絵の具でいっぱいになったパレットをかかげ持った。宝石箱《ほうせきばこ》みたいだ。

「これなら、かわいてしまっても、水でぬらせば色を使えるよ。スケッチするには、これがいちばん」

蝶子《ちょうこ》さんの声は得意《とくい》げで、生き生きしていた。繭《まゆ》は、絵の具のつまったパレットのにおいを吸《す》いこんだ。かすかに、ぬれたにおいがする。今日《きょう》の、雨の日のにおいに似《に》ている。

（これが、わたしのパレット）

胸《むね》が、どきどきした。この色を使って、そして色をまぜて、どんな絵でも描《か》くことができる……これから。いっぺんに、目のまえに空間がひろがってゆく気がした。

「それじゃ、わたし、今日《きょう》はもういきます。繭《まゆ》ちゃん、それを使って、今日《きょう》のスケッチをしてね。来週はかならずくるから、描《か》いた絵を見せて。楽しみにしてるね」

「は、はい。ありがとう……」

繭《まゆ》がお礼を言いおわらないうちに、蝶子《ちょうこ》さんはお店をでていった。

ボーン……重々しい音が、繭《まゆ》の背中《せなか》をすくませた。柱時計《はしらどけい》が、九時を知らせている。時計《とけい》が九つ鳴るのに、ひどく時間がかかった気がした。

(九時……いま？)

蝶子《ちょうこ》さんがはいってきてから、すくなめに見ても十五分はたっているはずなのに。オーナーは悠然《ゆうぜん》と、でもきゅうくつそうに木箱に体を折《お》りまげて座《すわ》りながら、言った。

「おや。蝶子《ちょうこ》さんに、案内状《あんないじょう》をおわたしするのを忘《わす》れてしまいました」

「まあ、いいじゃありませんか。また来週もあるのだし」

咲乃《さくの》さんがおだやかに言ったとき、マグパイが入り口のドアをくぐってやってきた。ドアベルがおおきく揺《ゆ》れたけれど、何度も聞いたせいか、その音がおおげさだとは、もう思わなかった。

「きたよ。繭《まゆ》のパレットは完成《かんせい》した？」

はいってくるなり、マグパイはそう言った。繭《まゆ》が色のならんだパレットを見せると、マグパイは満足《まんぞく》そうにうなずいて、

「で、今日《きょう》はどこにスケッチにいく？」

蝶子《ちょうこ》さんがいないことには、まるで頓着《とんちゃく》していない。

「ねえ、まずは見なさいよ。作品展《さくひんてん》の案内状《あんないじょう》よ」

シシリーが椅子《いす》の上に背伸《せの》びして、マグパイの目と鼻の先に案内状《あんないじょう》をつきつける。へえ、と、マグパイの反応《はんのう》はそっけなかった。

「きれいだね、でもぼくはいらないよ。もちろん、参加《さんか》はするけど」

その態度《たいど》が、シシリーのご機嫌《きげん》をそこねたのは明らかだった。人形は眉《まゆ》をつりあげると、ぷりぷり怒《おこ》って腰《こし》に手をあてた。

「あっそう。どうせ、さしだす相手もいないものね」

「ああ、いないよ。おまえを抱《だ》っこしてくれる子どもがいないのと同じさ、シシリー」

「そっちこそ！　あんたの物語を読む人なんて、この世にいないわ」

けんかをはじめたふたりを、レモンがおろおろと歩きまわりながら見守っている。繭《まゆ》も、同じだった。どちらの味方もできないし、とめにもはいれない。そもそも、なぜけんかをしているのだか、わからない。

「はい、そこまでです」

オーナーが、一度閉《と》じた傘《かさ》を、ポンといきおいよく開いた。それで、マグパイとシシリーは、おたがいにしゃべるのをやめた。

「では今日《きょう》は、わたしがスケッチの対象《たいしょう》をきめさせていただきたいと思いますが、よろしいでしょうか？」

オーナーが、立ちあがる。咲乃《さくの》さんが、ゆったりとうなずいた。

「ほらほら、マグパイとシシリーがけんかをするものだから、オーナーがご立腹《りっぷく》よ」

でもその声は、いたずらっぽい笑《わら》いをふくんでいた。

白黒模様《もよう》の雨傘《あまがさ》をかかげて、オーナーが、言いはなった。

「では本日は、静物《せいぶつ》のスケッチをしていただきます。――みなさん、いってらっしゃいませ。くれぐれも、お気をつけて」

オーナーのひょろりと長い手が、スケッチルームのドアノブをまわす。

開かれたドアのむこう、青白さと直線だけで構成《こうせい》されたスケッチルームへ、蝶《ちょう》子《こ》さんをのぞいたクラブのメンバーは、はいっていった。

水の絵の具

中央のテーブルに、今日《きょう》は、前回はなかったモチーフが置《お》かれていた。それに、テーブルのまわりの椅子《いす》のまえには、それぞれ、キャンバスやスケッチブックを立てかけるための、イーゼルが用意されている。イーゼルも直線ばかりでできていて、やっぱり、青白くつめたい色をしていた。

テーブルの上には、波うたせた布《ぬの》の上に、数冊《すうさつ》の本とリンゴ、背《せ》の高い真鍮《しんちゅう》の水差《みずさ》しに、小ぶりな鉢植《はちう》えのポトスが置《お》いてある。今日《きょう》のクラブで、スケッチするもの。

窓《まど》を見て、おどろいた。先週は、たしかに歩いてふみだした外。丈《たけ》高い草がそよぎ、水の音が流れてきた外には、今日《きょう》は歩ける地面はない。

スケッチルームは、まるで空中にぽっかりとひきはなされて浮《う》かんでいるよう

だった。部屋《へや》の一歩外は、つめたい雨をやりすごしたあとの空のような空間で、地面も天井《てんじょう》もなかった。もし、扉《とびら》のない出入り口から足をふみだせば、まっさかさまに落ちてしまうだろう――オーナーが気をつけてと言ったのは、このことだ。

スケッチルームの仕組みがどうなっているにせよ、繭《まゆ》は、わりあてられたイーゼルに、自分のスケッチブックを立てかけて、ひとまずは鉛筆《えんぴつ》で輪郭線《りんかくせん》を描《か》きはじめた。そのあと、絵の具で色をつけるつもりだった。

見たままに描《か》く練習……学校の図工の授業《じゅぎょう》でも、何度かやったことがある。でも、こんなに静《しず》かで、空気が張《は》りつめたなかで描《か》くのは、はじめてだ。描《か》きすめるうち、みんなの体が透明《とうめい》になってしまったのではないかと不安《ふあん》で、繭《まゆ》は何度も、ちらちらとほかのメンバーの顔をのぞき見した。

マグパイはモチーフをちらりと見やっただけで、自分のスケッチブックに木炭をこすりつけることに熱中《ねっちゅう》し、咲乃《さくの》さんはまるい眼鏡《めがね》ごしに、視線《しせん》を何度も行き来させながら、色鉛筆《いろえんぴつ》をあやつってゆく。シシリーは油絵のパレットと絵筆、それに筆洗《ひっせん》とぼろ布《ぬの》を持ってきていて、新しいキャンバスに、大胆《だいたん》にめやすの色をのせてゆく。

（蝶子《ちょうこ》さん、急な用事って、なんだったんだろう。大丈夫《だいじょうぶ》なのかな……）

ぷくっとえくぼを作って笑《わら》ってはいたけれど、心なしか、顔色が悪いようにも思えた。

――笑《わら》っててよ。

お母さんの声が、よみがえった。蝶子《ちょうこ》さんは、あんなにあわてていても、笑《わら》っていたのに。繭《まゆ》との約束《やくそく》を守って、パレットを作ってくれたのに。

（どうしてわたしは、ちゃんと笑《わら》えないいんだろう）

繭《まゆ》はテーブルの上のモチーフとにらめっこしながら、絵を描《か》きつづけた。

静物画《せいぶつが》。お母さんといった美術館《びじゅつかん》で、あるいは本棚《ほんだな》にある画集で、いくつも見たことがある。でも、あんなふうに描《か》けない。見たままに描《か》くのは、思った以《い》上《じょう》にむずかしかった。図工の授業《じゅぎょう》でなら、休み時間にはみださないよう、時間内で描《か》きあげ、道具を洗《あら》って干《ほ》すことのほうが、うまく描《か》くより重要《じゅうよう》だったけれど、ここではちがう。みんなが、時間を忘《わす》れて、自分の手もととモチーフに集中している。視線《しせん》と静物《せいぶつ》のあいだを、見えない糸がつないでいるみたいだった。

「うまく描《か》けない……」

とうとう繭《まゆ》は、そうこぼさずにはいられなかった。

「対象《たいしょう》と対話するのよ」

こたえたのは、シシリーだった。

「それがどんな形でこの世にあるのか、いかなる重みで空間に位置《いち》しているのか……それが、どんな物語をへていまここにあるのか。それに、あんたのなかのどんな物語とつむぎあわされるのか」

「わたしの？」

繭《まゆ》の声に、咲乃《さくの》さんが口もとをほころばせ、マグパイが木炭画に集中したまま、肩《かた》をすくめた。

「そうよ。絵を描《か》くことは、世界との対話にほかならない」

きっぱりと言ってのけるシシリーに、繭《まゆ》はほとんど圧倒《あっとう》されていた。しゃべるあいだにも、シシリーの絵筆はとまらない。

「……シシリーは、ほんとに絵が大好《だいす》きなのね」

繭《まゆ》がそう言うと、ふん、と、シシリーが生意気そうに鼻を鳴らした。

「あたしを大好《だいす》きだった女の子は、あたしよりももっと、ずっと、絵が好《す》きだったわ」

「……」

繭《まゆ》は鉛筆《えんぴつ》で見たままに輪郭線《りんかくせん》を描《か》くことをあきらめ、今日《きょう》できたばかりのパレットを使ってみることにした。まだかわききっていない絵の具は、筆先でふれるとぷるっと動く。

先週の蝶子《ちょうこ》さんをまねて、繭《まゆ》も、水をいれたペットボトルを持ってきていた。絵の具をつけ、紙にのせる。最初《さいしょ》に、影《かげ》を塗《ぬ》ろうと思って、水色よりも一段《だん》あざやかな青をつけてみた。

とたんに、心臓《しんぞう》がきゅうっと、しぼられた。ほとんど、息がとまった。

(なにこれ……なに、これ)

指先の血管《けっかん》が、しゅんしゅんとさわぎだす。筆を洗《あら》って、布《ぬの》でふき、つぎの色を選《えら》ぶ。紙にのせる。モチーフを見る。蝶子《ちょうこ》さんがやってみせた、水が色を伝《つた》えるやり方。

水が色をはこび、それが紙の上で、新しい色を生みだす。パレットの上で、色をまぜてみる、慎重《しんちょう》に。すこしずつ。

ぐるぐると目がまわりそうなこの感覚《かんかく》を、なんと呼《よ》べばいいのか、繭《まゆ》にはわからなかった。筆が、つぎの色を選《えら》びとる、手が繭《まゆ》よりも先に、はこぶべき色を知っている。

楽しい？　ううん、ちがう。おもしろい、これもちがう。まるで繭《まゆ》の体のなかに、絵を描《か》くための新たな器官《きかん》が生まれたみたいだった。その器官《きかん》がさかんにはたらいて、繭《まゆ》の全身に、絵を描《か》くための血液《けつえき》をめぐらせる。

描《か》きあがったスケッチは、とても上手《じょうず》だとは呼《よ》べなかった。でもこんな体験《たいけん》は、はじめてだった。

絵の見せあいっこをしたあと、みんなでココアを飲んだ。絵を描《か》くまえにけんかをしていたマグパイとシシリーは、もうそんなことはけろりと忘《わす》れて、みんなの作品を興味深《きょうみぶか》そうにのぞきこんでいる。

「繭《まゆ》、すごいじゃない！」

繭《まゆ》の作品をまじまじと見つめてから、シシリーがさけんだ。

「そ、そうかな？　ぜんぜん、思ったように描《か》けなくって」

おずおずと肩《かた》をすぼめる繭《まゆ》の足首に、レモンが安心しきってしっぽを巻《ま》きつけている。

「そんなことないわ、繭《まゆ》ちゃん。まあ、この絵の具が、あなたにはぴったりだったのね。楽しく描《か》いたのが、見てわかるわ」

咲乃《さくの》さんも、うれしそうだ。

「こういうのを、才能《さいのう》というのよ」

言われて、繭《まゆ》はおおあわてで手をかざし、ぶんぶんとかぶりをふった。

「さ、才能《さいのう》だなんて、そんなのないです。わたしは……

でも、うん。とっても、楽しかった」

言葉のおしりをすぼめながら、顔を赤らめてうつむく繭《まゆ》を見あげて、シシリーがきっぱりと言った。

「才能《さいのう》、気質《きしつ》、なんだっていいのよ、言葉なんて。絵は言葉よりも先にあるのだもの。絵を描《か》く力があるのなら、描《か》かずにいられないのなら、それを言葉ごときがなんと呼《よ》ぼうが、知ったことではないわ」

オーナーが、猫《ねこ》のしっぽを長い指でからかいながら、おいしそうにココアをすすった。

「そのとおりです。繭《まゆ》さん、あなたを通すと、このモチーフはどう見えましたか。そして世界は。それを描《か》くのです。あなたの見る世界を、絵にするのです。きたるべき作品展《さくひんてん》には、その絵をこそかかげましょう」

そう言って、オーナーは白黒の傘《かさ》を見あげた。

「作品展《さくひんてん》が、楽しみですねえ」

帰り道、繭《まゆ》はマグパイといっしょになった。シシリーとレモンは〈日曜日舎《にちようびしゃ》〉にずっといるし、咲乃《さくの》さんは、猫《ねこ》のごはんを買いにいくからと、ひと足先に帰ったのだ。

雨はあがって、イチョウ並木《なみき》には、日ざしが降《ふ》ってきていた。

「ねえ、マグパイは、どこへ帰るの？」

湿《しめ》って路面に貼《は》りついたイチョウの葉をふみながら、繭《まゆ》はたずねた。

マグパイは、うーんとのびをする。ジャケットとおそろいの明るい灰色《はいいろ》をした帽子《ぼうし》は、たしか、山高帽《やまたかぼう》というのだった。繭《まゆ》は、そんなものを頭にかぶっている男の子を、見たことがない。マフラーを翼《つばさ》にかえて空を飛《と》べる男の子も、だけれど。

「ああ、べつにこれから帰るってわけじゃないよ」

けろっと、マグパイはこたえた。そして横目に、繭《まゆ》を見た。目もとに、とびきりいい意地悪を思いついたときの表情《ひょうじょう》を浮《う》かべて。

繭《まゆ》は、マグパイのその顔に、もうしりごみするのをやめようと思った。

「シシリーが言っていた、あなたの物語って、なに？」

ところがマグパイは、繭《まゆ》の左耳のあたりをじっと見ると、ますます意地の悪い顔つきになった。

「ふうん。繭《まゆ》は、笑《わら》うのが苦手なんだ」

ぎょっとした。目を見張《みは》っている繭《まゆ》におかまいなしで、マグパイは今度は、右耳のあたりを見つめる。

「へえ、学校にいこうかと思ってるの？　よしたほうがいいと思うけどなあ、人のために笑《わら》うことができないのに、あんなところ、あわないだろ」

「え……？」

繭《まゆ》は、自分はどんな顔をしているだろう、と思った。自分の表情《ひょうじょう》すらわからなくなって、混乱《こんらん》している繭《まゆ》を、マグパイはさらに追いつめる。

「上手《じょうず》に笑《わら》えない、ってのは、つまり、相手の気持ちよりも、自分の気持ちがだいじなんだってことだろ」

繭《まゆ》はこのとき、怒《おこ》ったってよかったのだ。なにも知らないくせに、勝手なことを言わないで。――だけど、繭《まゆ》の口からでてきたのは、ぜんぜんちがう言葉だった。

「……あなたは、どこからきたの？　スケッチクラブの人たちは。みんな、どこからきたの？」

マグパイは、繭《まゆ》のほうへ乗りだしていた体をひき、ポケットに手をつっこんで口の片《かた》はしをあげた。

「遠くからきてるさ、みんな。うんと遠くから。さほど距離《きょり》がないのは、咲乃《さくの》さんくらいじゃないかな。なにせ、日曜日にしか生きられないんだから。ほかの曜日を、生きてることができないんだから。

マグパイは、カササギって意味。ぼくは、人の心や記憶《きおく》を盗《ぬす》むどろぼうなんだ。……そういう本の、主人公」

「本の？」

「そうだよ。でも、憎《にく》まれ口《ぐち》シシリーの言うとおり、こんな意地悪などろぼうが主人公の本を読む人は、だれもいない。それでぼくは、日曜日にだけ、ここへくるっていうわけ」

「だれも……？」

「ああ。……繭《まゆ》の気持ちも、盗《ぬす》んでやろうか？　学校にいけなくて、苦しいんだろ？　ぼくが心を盗《ぬす》めば、繭《まゆ》はもう、学校のことも笑《わら》うことも、考えなくっていいんだぜ」

どろぼう……ひょっとして。先週、繭《まゆ》の新しいパレットが消えたのも、マグパイのしわざだったのかもしれない。

マグパイの表情《ひょうじょう》に、獰猛《どうもう》な影《かげ》がやどった。風もないのに、マフラーがうねる。けれど、坂の上から吹《ふ》きつけた風が、繭《まゆ》の髪《かみ》を強くひっぱり、ちいさな嵐《あらし》のようにたなびかせた。

「いらない。……盗《ぬす》んでほしくない」

繭《まゆ》は自分の胸《むね》のまえで手をにぎり、片足《かたあし》をうしろへひいた。まっすぐに、マグパイを見すえた。

「あっそう」

あっさりと返事をして、マグパイはいきなり、坂道を駆《か》けおりた。先週と同じに、長いマフラーの編《あ》み目《め》が、鳥の翼《つばさ》にかわってゆく。バサッとおおきくはばたいて、飛《と》んでゆくマグパイを目で追おうとしたけれど、そのすがたは雨あがりの寒い空に、すぐさまかき消えて、見えなくなってしまった。

繭《まゆ》は、胸《むね》にうず巻《ま》くぐるぐるを、ぎゅっと手でおさえつけた。そして、きめた。

描《か》いてみなければならないものがある。

小学校をスケッチするには、空き地と民家《みんか》をはさんだ坂道からがよさそうだと、歩いてゆきながら目ぼしをつけた。

歩道と車道のわかれていない、せまい坂だけれど、車はたまにしか通らない。空き地にはセイタカアワダチソウが旺盛《おうせい》にのびて、はじけるような黄色の花を揺《ゆ》らしていた。

スケッチブックをかかえ、坂道をのぼったりくだったりして、ちょうどいい地点を探《さが》す。蝶子《ちょうこ》さんも咲乃《さくの》さんも、シシリーも、それにレモンもそばにはいない。

（でもこれは、わたしが描《か》いてみなきゃいけない絵なんだ……）

繭《まゆ》は心のなかでそう強く念《ねん》じ、そして、アングルをきめた。

裏庭《うらにわ》のすずかけの樹《き》をほぼ主役にして、校舎《こうしゃ》を裏側《うらがわ》から描《か》く。鉛筆《えんぴつ》をかまえ、構図《こうず》を頭と体にとりこんだ。紙の上に、鉛筆《えんぴつ》でふれる。手が、かすかにふるえた。こわいからじゃないと、言い聞かせる。風がつめたいせいだ。そう、すばやく描《か》こう。

すずかけの樹《き》の葉っぱは、星の形。校舎《こうしゃ》は、まっすぐな線ばかりでできている。まるで、箱みたい。あのなかに、毎日何十人もの子どもがはいって、夕方まででてこないのだ。それはとても、奇妙《きみょう》なことに思えた。

あのなかで、六年間。毎朝吸《す》いこまれ、夕方に吐《は》きだされ……勉強をして、家へ帰って。塾《じゅく》で勉強しなおして。工場みたいだと、繭《まゆ》は思った。学校は、子ども工場だ。

古びた校舎《こうしゃ》には、壁《かべ》にツタが這《は》っているところもある。窓《まど》の奥《おく》の暗がり。校舎《こうしゃ》をかこう塀《へい》は、くすんだ卵色《たまご》。三年生のとき、課外授業《かがいじゅぎょう》で一度だけ、給食《きゅうしょく》を食べにのぼったことのある屋上。あそこから飛《と》びおりたことのある子どもは、いるのだろうか。理科準備室《じゅんびしつ》には、赤い遮光《しゃこう》カーテンがひかれている。音楽室。図書室。

繭《まゆ》の机《つくえ》がある、五年一組。

校舎《こうしゃ》は、そっぽをむいている。いまはからっぽで、どこか、さびしそうにも見えた。なかで走りまわったり、笑《わら》ったり泣《な》いたりする子どもがいないから。

でもその箱は、繭《まゆ》にはやっぱり、とてもつめたく見える。注意深く形を視界《しかい》のなかへとりこみ、鉛筆《えんぴつ》で紙にそのすがたを立ちあげてゆく。そして、絵の具をつける。

セピアとアンバーをまぜ、影《かげ》にはかすかに紫色《むらさきいろ》をにじませる。そして空——夕焼《ゆうや》けはもうにじみ去って、灰色《はいいろ》に薄《うす》れかかっていたのだけれど、繭《まゆ》は校舎《こうしゃ》のむこうに、虹《にじ》とも見えるくらいにあざやかな夕暮《ゆうぐ》れを描《か》いた。影《かげ》になったすずかけ

の樹《き》、四角く暗い校舎《こうしゃ》、その影《かげ》だけにいろどりをかかえて、子ども工場のむこう、空が荒々《あらあら》しく色彩《しきさい》をおどらせている。

藺《まゆ》のスケッチは、そんなふうになった。

（理由……）

それが知りたくて、このスケッチをしたのだった。藺《まゆ》があそこへいけない理由。

なんとなくわかりそうで、でもやっぱりわからない。

それでも、スケッチブックのなかに閉《と》じこめてしまうと、校舎《こうしゃ》はまえほど、おそろしくは見えなかった。あの四角い建物《たてもの》が、絵を描《か》いているあいだ、藺《まゆ》のなかを通過《つうか》していったのだ。藺《まゆ》が観察《かんさつ》して、そしてもう一度、藺《まゆ》の手で絵のなかに出現《しゅつげん》させた。

こわがる必要《ひつよう》は、もうなくなっていた。だけど、明日ピンクのランドセルをせおってみようという気持ちも、すっかり絵のなかに吐《は》きだしてしまい、藺《まゆ》の胸《むね》からは消えていた。

夢中《むちゅう》で描《か》くうち、手のふるえは、いつのまにかとまっていた。描《か》きあがったスケッチをながめ、もう一度学校を見やって、繭《まゆ》は絵の道具をしまった。そして、家へ帰った。

その夜、繭《まゆ》はひさしぶりに、ぐっすりと眠《ねむ》った。なんの夢《ゆめ》も見なかった。ただ、スケッチブックを抱《だ》きしめたまま、眠《ねむ》った。朝まで。

第4日曜日

悪天候《あくてんこう》スケッチ

つぎの日曜日がくるまでに、繭《まゆ》がしたことは、ひたすら絵を描《か》くことだった。部屋《へや》の床《ゆか》いっぱいに、リビングの本棚《ほんだな》からぬいてきた画集をひろげ、そのまんなかで、繭《まゆ》は床《ゆか》に四つん這《ば》いになって、鉛筆《えんぴつ》と絵の具を用意し、絵を描《か》いた。

絵の具を使うのが、絵を描《か》くのが、楽しくてたまらない。

体の奥《おく》から、なにかがあふれでてくる。手が動く。繭《まゆ》の手が紙の上へ、色彩《しきさい》を、線を、形と奥《おく》ゆきを伝《つた》えてゆく。

画集から、また壁《かべ》にならぶ絵はがきから、繭《まゆ》は好《す》きでたまらない絵を描《か》きうつした。目でとらえた線を鉛筆《えんぴつ》でなぞるとき、繭《まゆ》が生まれるよりうんとまえに描《か》かれた線にじかにふれたような気がして、ぞくりとふるえた。模写《もしゃ》、というのだ。本棚《ほんだな》にあった絵の技法《ぎほう》の本に、そう書いてあった。

世界の形。一瞬《いっしゅん》の風むき。時をへてかわってゆくもの……

それを、絵描《えか》きは自分の体を通して、絵にとどめる。

でも、描《か》かれた絵は、けっして閉《と》じこめられた時間の切れはしではない。

それは、動いている。生きていて、その絵を見る者を見つめかえす。新たな気配を、たとえ幾《いく》百年がたっても、見る者にさしだしつづける。

あらゆる色。見たこともない風景《ふうけい》。もういない人物や動物たち。一瞬《いっしゅん》の影《かげ》と光。夢《ゆめ》のなかにさえ、ありえない形。

お母さんが仕事にいっている昼間も、お父さんが帰宅《きたく》し、両親とも寝静《ねしず》まった夜中も、繭《まゆ》は夢中《むちゅう》で描《か》きつづけた。

学校へは、いかなかった。お母さんも、先週のできごと以来《いらい》、繭《まゆ》に学校やいまの状況《じょうきょう》にかんすることは、ひとことも言わなかった。お父さんはあいかわらず、忙《いそが》しい。会社で、なにかおおきな問題が起きているのだと、お母さんと話しているのが聞こえてきた。平日に休みをとって、一日じゅう眠《ねむ》っている日もあった。そしてつぎの日には、でかけていって、また夜中まで仕事をした。

そんなことにもほとんど気づかないほど、繭《まゆ》は絵を描《か》くことに没頭《ぼっとう》した。買ってもらったスケッチブックは、もう残《のこ》りのページが一枚《まい》だけになっていた。


日曜日。繭《まゆ》は絵の道具といっしょに、作品展《さくひんてん》の案内状《あんないじょう》をかばんにいれて、家をでた。

マグパイもシシリーもわたす相手がいないと言ってけんかしていたけれど、繭《まゆ》も、もらった案内状《あんないじょう》を、だれにもわたせないでいた。

(せっかく、オーナーがきれいに作ってくれたのに)

お母さんにわたそうかと、何度も考えたのだけれど、お母さんは繭《まゆ》と話すことを明らかにさけていて、あたりさわりのない話、よそゆきの笑顔《えがお》しか、むけてこない。

そんなお母さんに、ごめんなさいと心のなかでくりかえし謝《あやま》りながら、繭《まゆ》は絵を描《か》くことにおぼれて一週間をすごした。

来週の夜が、作品展《さくひんてん》。オーナーが特大《とくだい》のキャンバスを用意すると言ったけれど、いったいどんなものだろう。ひょっとしたら、スケッチルームのなかで描《か》くのかもしれない。今日《きょう》が、作品展《さくひんてん》までの最後《さいご》のスケッチクラブになる。

蝶子《ちょうこ》さんは、こられるだろうか。

もう冬とも呼《よ》べそうなつめたい空気に、のばしすぎの髪《かみ》をときおりひっぱられながら、繭《まゆ》はイチョウ並木《なみき》へ足をはこんだ。

〈日曜日舎《にちようびしゃ》〉には、もう、繭以外《まゆいがい》のメンバーがそろっていた。

まだスケッチをはじめずに、繭《まゆ》の到着《とうちゃく》を待ってくれていたようだ。そのなかで、蝶子《ちょうこ》さんがすこし背《せ》をまるめ気味に、みんなにむかってきりだす声が、繭《まゆ》が揺《ゆ》らしたドアベルの音と、かさなった。

「……あのう、とつぜんなんですけど。わたし、今度の作品展《さくひんてん》に、でられなくなりそうで」

繭《まゆ》の足が、ぴたりととまる。息をつめて、そこに立ちつくした。

「まあ、どうして？」

咲乃《さくの》さんがおどろくと、猫《ねこ》が数匹《すうひき》、つられてにゃあと鳴いた。

「じつは、先週の日曜日に、となりの県に住んでる、母方のおじいちゃんが亡《な》くなってしまって。おばあちゃんひとりになっちゃうし、膝《ひざ》を悪くしてるから、心配で。お母さんの実家、ちょうどお父さんの単身赴任先《たんしんふにんさき》と近くて。いまお父さんの借《か》りてる部屋《へや》に、いっしょに住んで、おばあちゃんをたすけようってことになって。だから、そっちの大学を受験《じゅけん》することになりそうで」

「そこは、絵の勉強のできるところなのですか？」

オーナーが、雨傘《あまがさ》のかげから聞いた。蝶子《ちょうこ》さんは、ふるふるとかぶりをふった。

「いいえ。ふつうの――たぶん文学部に進むことになりそう。美術《びじゅつ》のサークルはあるかもしれないけど、美大にいくのとは、やっぱり。でも、親はうれしそうで。いや、おじいちゃんが亡《な》くなって、おばあちゃんがたいへんなときに、うれしそうっていうのも、へんなんですけど。わたしが絵の勉強をするの、両親はいやがってましたから。ちょうどよかったって、どこか安心してるみたいで」

「そんな……」

繭《まゆ》の声に、蝶子《ちょうこ》さんがふりむいた。そして、頬《ほお》にぷくっとえくぼを作って、無《む》理《り》やり笑《わら》う。

「繭《まゆ》ちゃん、ばたばたしちゃってごめんね。――来週出発で、どうしても、こられなさそうなんだ。……せっかくの作品展《さくひんてん》なのに、ごめんなさい」

繭《まゆ》は、無理《むり》に笑《わら》っている蝶子《ちょうこ》さんの顔を見るのがつらかった。いま、心が破《やぶ》れそうなのにちがいないのに。

「それは……残念《ざんねん》なことです。クラブにきていただけなくなるのも、絵の勉強を断念《だんねん》されるのも。ですが、絵は描《か》きつづけてくださいね。可能《かのう》なかぎり、いかなる形でも」

オーナーが、おだやかに言った。

「はい」

強くこたえてうなずいた蝶子《ちょうこ》さんの横顔は、泣《な》くのを必死《ひっし》でこらえているように見えた。

「……つまんないの」

蝶子《ちょうこ》さんをなぐさめるでも、はげますでもなく、マグパイはそうこぼすと、ぷいとそっぽをむき、ひとりで先にスケッチルームへはいっていった。

「おやおや」

オーナーが、肩《かた》をすくめた。

「マグパイくんが、先にはいってしまいましたか。このぶんでは、今日《きょう》のスケッチルームは、迷路《めいろ》になっていそうですね。ではみなさん、スケッチにいってらっしゃいませ。くれぐれも、お気をつけて」

オーナーが言い、シシリーを抱《だ》いた咲乃《さくの》さん、蝶子《ちょうこ》さんとレモン、それに繭《まゆ》も、スケッチルームへつづくドアをくぐった。繭《まゆ》は、柱時計《はしらどけい》のまえで、猫《ねこ》ののどをなでているオーナーをふりかえる。オーナーは猫《ねこ》にあわせて、ぐるぐるとのどを鳴らすまねをしている。

あの柱時計《はしらどけい》は、狂《くる》っている。

でも、〈日曜日舎《にちようびしゃ》〉には、平和な時間しか流れていなかった。それが、ほんとうに、ゆがみだしてしまった——どうしてだろう？

（ひょっとして、わたしが加《くわ》わったから？）

その考えは、繭《まゆ》の背中《せなか》を寒くさせた。スケッチ道具のはいったかばんを、ぎゅっとにぎりしめる。そんなはず、ない。みんな、歓迎《かんげい》してくれた、繭《まゆ》のためのパレットだって作ってくれた。

なぜ、蝶子《ちょうこ》さんの身にこんなことが降《ふ》りかかるんだろう？　どうしたらいいんだろう？　……そう考えたとき、きしっと、心の芯《しん》がひきつれた。

（……お母さんが泣《な》いたのも、同じことを考えたからなのかもしれない）

お母さんをもうこまらせない、簡単《かんたん》な方法《ほうほう》はわかる。でも、繭《まゆ》にランドセルをせおうことは、きっとできない。その理由がわからないまま、けれど繭《まゆ》にはそれができない。

蝶子《ちょうこ》さんをはげますことを考えよう。頭を切りかえようと、ドアをくぐって繭《まゆ》は顔をあげた。——そして、息を飲んだ。

「もう、マグパイったら！」

シシリーのどなり声が、みんなを代表してひびいた。

青白い画用紙をまっすぐ切って、組み立てたかのようなスケッチルーム。その外は、暗く荒《あ》れ狂《くる》っていた。

地面、と呼《よ》んでさしつかえのなさそうなものは、部屋《へや》の外には見うけられない。

砂嵐《すなあらし》。竜巻《たつまき》。稲妻《いなずま》と暴風雨《ぼうふうう》。降《ふ》りしきる雹《ひょう》。外はありとあらゆる悪天候《あくてんこう》で、空気がずっとうねっているため、静《しず》まりかえったこの部屋《へや》までもが、揺《ゆ》れているみたいに感じられた。

「——天候《てんこう》のスケッチさ。通路はあるよ。出口からどうぞ」

遠くから、マグパイの声がひびいてきて、その直後に雷鳴《らいめい》が間近でとどろいた。

繭《まゆ》は、大荒《おおあ》れの天気が、マグパイがいつも描《か》く木炭画にどこか似《に》ていると気がついた。

「いってみましょ。マグパイの言うことを信用《しんよう》して」

咲乃《さくの》さんが、出口から一歩足をふみだした。落ちる、そう思ったのに、咲乃《さくの》さんにそのまま歩きつづけた。体が雨や風にあおられることもない。どうやら、ガラスかなにかで守られた、透明《とうめい》な通路が左右の出入り口からつづいているらしい。

「マグパイらしいね」

「いいの、蝶子《ちょうこ》？　これが、クラブでのあなたの最後《さいご》のスケッチだっていうのに」

シシリーが、巻《ま》き毛《げ》の先まで怒《いか》りでぴりぴりさせている。

「かまわないよ、こういうスリル満点《まんてん》なのも。ぬれる心配もなしに、こんなお天気を描《か》けるチャンスなんてめったにないし」

蝶子《ちょうこ》さんが肩《かた》をすくめて笑《わら》い、咲乃《さくの》さんのあとにしたがった。

まったくもう、とぷりぷりしたまま、シシリーもついてゆき、おびえたようすのレモンを足首にまつわりつかせながら、繭《まゆ》もつづいた。通路はどういう造《つく》りになっているのか、完全《かんぜん》に宙《ちゅう》に浮《う》いてつづいている。ささえるものもなしに。繭《まゆ》たちは、自分たちの足の下にも暴風雨《ぼうふうう》が荒《あ》れ狂《くる》うのを見ることができた。どんなに稲妻《いなずま》がとどろいても、突風《とっぷう》や雹《ひょう》が突撃《とつげき》をくりかえしても、通路はびくともせず、雨の一滴《いってき》も風の切れはしもはいってはこない。

荒々《あらあら》しい天気、横なぐりの雨、闇《やみ》をつらぬく稲光《いなびかり》。……そのなかに、繭《まゆ》は、いくつものなにかがいるのを見た。あるものは巨人《きょじん》に見え、あるものは鯨《くじら》に、あるものは難破船《なんぱせん》に見えた。立《た》ち枯《が》れた巨木《きょぼく》も見えたし、石造《いしづく》りのお城《しろ》のようなものも——雨と砂嵐《すなあらし》にかすんで、ほとんどわからないくらいかすかに、見えかくれした。

嵐《あらし》のなかを飛《と》んでゆく、一羽《わ》の鳥が視界《しかい》をかすめた。

ちいさなカラスに似《に》たその鳥は、だけど、まっ白な体をしている。

繭《まゆ》は透明《とうめい》な宙吊《ちゅうづ》りの通路に立ちどまって、大嵐《おおあらし》と、その鳥のすがたをスケッチした。

「ねえ繭《まゆ》ちゃん、ちょっとだけ、いっしょに図書館にいかない？　お昼はコンビニで、おにぎりでも買ってさ」

スケッチクラブのおわったあと、〈日曜日舎〉の外で、蝶子さんが声をかけてきた。悪天候《あくてんこう》のスケッチはすんだのに、今日《きょう》はずいぶん風がきつく、繭《まゆ》の髪《かみ》の毛《け》はぐいぐいひっぱられる。

「あの、アルバイトは……」

言いかけて、繭《まゆ》はあわてて、言葉をひっこめた。

蝶子《ちょうこ》さんはもうすぐ、引っ越《こ》してしまうのだ。それなら、もう、アルバイトだってやめてきたのにちがいなかった。繭《まゆ》はうつむいて、「はい」と返事をした。

「でもそのまえに、一度、家に寄《よ》り道《みち》していっていいですか？　お母さんに、伝《つた》えておかないと」

「うん、もちろん。ありがとう」

それで繭《まゆ》と蝶子《ちょうこ》さんは、ならんで坂道をくだっていった。

家のまえの道路で待っているという蝶子《ちょうこ》さんを残《のこ》して、繭《まゆ》は家の鍵《かぎ》を開け、お母さんに声をかけた。

「ただいま……」

でも、お母さんはいなかった。不思議《ふしぎ》に思いながら台所までいくと、テーブルの上にメモがあった。

『繭《まゆ》ちゃん、おかえり。お父さんの帰りが早かったので、ちょっと車ででかけてきます。お昼ごはんはレンジの上、温めて食べてね。』

「………」

ふたりで、どこにでかけたんだろう？　繭《まゆ》はでも、すこしうれしかった。先々週は、けんかしていて、そのあとだってゆっくりすごす時間なんて、なかっただろうから。今日《きょう》は、ふたりで、きっとひさしぶりにデートにでもいったんだ、そうだといいと思いながら、お母さんがラップをかけておいてくれたカレーライスを、レンジの上から冷蔵庫《れいぞうこ》のなかへ移《うつ》した。

ふたたび鍵《かぎ》をかけて、蝶子《ちょうこ》さんの待っているおもてへでた。

道路のはしっこに立った蝶子《ちょうこ》さんは、繭《まゆ》の家の庭を、しげしげと見ていた。そんなにひろくはなく、あまり手入れはいきとどいていないけれど、たっぷりと植物の植わった花壇《かだん》がある。

「あれがそう？　繭《まに》ちゃんが言っていた、猫《ねこ》のお墓《はか》」

蝶子《ちょうこ》さんが、花壇《かだん》のすみを指差《ゆびさ》す。そこには、すっかり古びたガーデンピックがつき立っている。白黒まだらの、猫《ねこ》のガーデンピック……ただし、色あせて、白は黄ばみ、黒は灰色《はいいろ》になりかかっている。

繭《まゆ》は、こくんとうなずいた。

「よかったねえ。ちゃんと、お墓《はか》を作ってもらえて」

しみじみと空気に声をにじませる蝶子《ちょうこ》さんが、繭《まゆ》にむかって言っているのか、それとも猫《ねこ》に言っているのか、わからなかった。

図書館は、大通りの歩道橋をわたったむこう。児童《じどう》公園のとなりに建《た》ってい
る。
(マグパイが主人公の本、ひょっとしたら、あるかもしれない……)
自動ドアを、そう思いながら繭《まゆ》はくぐった。繭《まゆ》の考えを見透《みす》かしたのだろう
か、蝶子《ちょうこ》さんは、まっすぐに児童書《じどうしょ》コーナーへむかう。——けれど、蝶子《ちょうこ》さんの
おめあては、マグパイの本ではなかった。
「あったあった!」
低《ひく》めた声で蝶子《ちょうこ》さんはさけぶと、細い背表紙《せびょうし》がぎっしりとつまっている棚《たな》か
ら、迷《まよ》わず一冊《さつ》の絵本をぬきとった。
「これ、わたしのいちばん好《す》きな絵本なんだ。繭《まゆ》ちゃん、読んだことある?」
心臓《しんぞう》がほとんどとまりそうなくらい、おどろきが背骨《せぼね》をつらぬいた。
蝶子《ちょうこ》さんが持ちあげてみせたそれは、最後《さいご》の、展示《てんじ》を見ることができなかった
原画展《げんがてん》の、繭《まゆ》が風邪《かぜ》でもどしてだいなしにしてしまった、あの絵本だった。
かわいらしい絵では、けっしてない。表紙にいるのは、白黒模様《もよう》の猫《ねこ》。どこか

無愛想《ぶあいそう》な顔をしたその猫《ねこ》が、まっ白な細い細い三日月を、ティーカップにすくいとろうとしている。

知ってる、と、さけびたかった。でも繭《まゆ》ののどはしりごみをして、ただ不思議《ふしぎ》な偶然《ぐうぜん》に目を見張《みは》っているばかりだった。

蝶子《ちょうこ》さんは、名残《なごり》おしむように、その絵本の表紙をなでた。

「ねえ、繭《まゆ》ちゃんのいちばん好《す》きな絵って、なに？」

「いちばん好《す》きな絵……？」

繭《まゆ》は、頭のなかに美術館《びじゅつかん》を建《た》て、いままで見てきた絵をならべてみた。自分なら、どの絵をいちばんいい場所に展示《てんじ》するだろう……。

「……わかんない……でも、絵は好《す》き。うちのお母さんも、絵が好《す》きなの。ふたりでよく、美術館《びじゅつかん》へいったんです。いっしょに、絵をたくさん見て」

「そっか……それでかな。繭《まゆ》ちゃん、小学生にしては、絵を描《か》くときや見せあいっこのときの顔つきが、やけに真剣《しんけん》だと思ってたんだ」

そのあと、蝶子《ちょうこ》さんとふたりで絵画のコーナーへいき、ならんでいるぜんぶの画集をひろげて、おたがいに見いった。お母さんとふたりで見た絵も、本のなかにたくさんあった。

なつかしい。なつかしくて、さびしかった。

もうすぐ、蝶子《ちょうこ》さんはいなくなってしまうのだ。

時計《とけい》の狂《くる》い

図書館をでてコンビニへゆき、おそいお昼ごはんを買って、公園のベンチで食べた。公園には、よちよち歩きのちいさな子とそのお母さんがふた組、あとはだれもいなかった。もう、かなり寒くなってきたせいかもしれない。

「繭《まゆ》ちゃんは、将来《しょうらい》、なにになりたいの？」

蝶子《ちょうこ》さんが、ぱりっとのりをくだけさせながら、おにぎりをかじる。繭《まゆ》は、口へはこぼうとしていたサンドイッチを、ゆるゆると膝《ひざ》の上におろした。蝶子《ちょうこ》さんには、だまっていても仕方ない。そう思って、白状《はくじょう》した。

「わからない……わたし、いま、学校にいっていないんです。だから、なににもなれないかもしれない」

口にだしたとたん、それは現実味《げんじつみ》を持って、繭《まゆ》の背中《せなか》につめたくのしかかってきた。学校にいっていない、と繭《まゆ》が打ち明けても、蝶子《ちょうこ》さんはべつに、おどろかなかった。ただ、繭《まゆ》の話をだまって聞いてくれていた。

「べつに、病気とかじゃなくて。いじめられてもいなくって。……なのに、いけないの。どうしても。お父さんもお母さんも、そのせいでものすごくこまってて、なんとかしたいけど、わたし、学校にいけないいんです」

甘《あま》えてるだけだ、マグパイなら、そう言うのだろうか。自分をかわいがってるだけだ、って。

「むずかしいね。でも、そういうのが必要《ひつよう》なときなんじゃないかなあ、繭《まゆ》ちゃんには。きっと、繭《まゆ》ちゃんはいま、さなぎのなかで、羽化《うか》する準備《じゅんび》をしてるんじゃない？」

蝶子《ちょうこ》さんの言葉は、マグパイが言いそうなこととは反対だったけれど、半分は同じことを言っていた。

——繭《まゆ》の中身はなんなのさ。

ずくんと、胸《むね》の奥《おく》がうずいた。このなかに、翅《はね》をひろげられるようななにかが、はいってなんているのだろうか？

「そのおかげで、あのへんてこなスケッチクラブにもはいれたんだし」

その声が、すがすがしく、空気に溶《と》けて消えてゆく。

「蝶子《ちょうこ》さんは……蝶子《ちょうこ》さんは、きっとお引っ越《こ》し先でも、大丈夫《だいじょうぶ》です」

なんとかはげましたいと、繭《まゆ》はそう言葉をかけた。

蝶子《ちょうこ》さんは、ゆるく首を横にふった。

ひさしぶりにブランコに乗り、コンビニで買ったおやつをわけあって食べ、もう帰ろうか、と蝶子《ちょうこ》さんが言いだすころには、あたりは暗くなりかけていた。日が落ちるのが、うんとはやくなった。

歩きながら、うつむきがちに、蝶子《ちょうこ》さんはぽつりぽつりと話をした。

「引っ越したらさ、近くの私立《しりつ》大学を受験《じゅけん》するんだ。……こんな時期の転校だから、不利《ふり》になるかもだけど、そこは受かりやすい大学らしくて。うちの親は、べつにわたしに、なにかをなしとげてほしいとは思ってないんだよね。それなりに勉強して、何年かどこかで働《はたら》いて、そのあとだれかと結婚《けっこん》して、そのうち子どもとか産《う》んで……」

帰り道に、もう夕日はない。暗くなった道に、街灯《がいとう》がともって、夜をすこしでも遠ざけようとしている。

となりを歩く蝶子《ちょうこ》さんの声が、なぜだか繭《まゆ》の胃《い》をひきしぼった。いつもなら繭《まゆ》の心を軽く自由にする蝶子《ちょうこ》さんの声が、繭《まゆ》の体をこわばらせてゆく。

「なんていうんだろうね、こういうの。おばあちゃんは弱りきってるし、両親はばたばたしてて――どんどん、どこかに流されてくみたい。まあ、わたしさえがまんすれば、まるくおさまるんだけどさ」

しゃべっている内容《ないよう》のせい、だけじゃない。その声。

よく似《に》た声を、繭《まゆ》は知っていた。

お母さんの声だ。

がまんしたくないことを、必死《ひっし》でがまんするために、自分をだまそうとしているときの声。

繭《まゆ》はその声を聞いていると、つらかった……ううん、ちがう。大きらいだった。

「……わたしは、学校になんか、いかない」

気がつくと、そう口走っていた。

「いきたくないから、いかない。あんな灰色《はいいろ》の箱につめこまれるのは、いやだ。ほかの人には楽しいのかもしれない、でもわたしには無理《むり》。だから、いかない」

「繭《まゆ》ちゃん……？」

さっきまで泣《な》きそうだった蝶子《ちょうこ》さんの顔がきょとんとおどろき、繭《まゆ》を見つめている。涙《なみだ》は、蝶子《ちょうこ》さんの目からではなく、繭《まゆ》の目からこぼれ落ちていた。

「蝶子《ちょうこ》さん、ずーっとがまんするなんて、できるものなの？　もうだめだって思っても、まわりの言うとおりにしないとだめなの？　わたしのお母さんは」

そこで繭《まゆ》は、ぐいっと上着のそでで涙《なみだ》をぬぐった。

「……お母さんは、がまんばっかりしてる。お父さんがいなくてさびしいのに、さびしいって言うのをがまんしてる。ほんとは絵が大好《だいす》きなのに、わたしのせいで絵を見にいくのも、絵を描《か》くのも、がまんしてる。でもそんなのわたし、やだ。がまんできなくなってるの、わかるもの。ちゃんと、いやだって怒《おこ》ってよ。できてないじゃない。そんながまん、しないでよ。……だからわたし、学校にいかない、できないがまんなんて、しない。そんなのしたら、もう」

ぬぐったばかりなのに、涙《なみだ》がぼろぼろと、とまらなかった。まくしたててしまってから、どうしよう、と心臓《しんぞう》がすくんだ。これは、この言葉は、蝶子《ちょうこ》さんにむけるべきものじゃない。そうじゃなくて、繭《まゆ》が、お母さんに言わなきゃならないことだ。……だけど、言ってしまった。もう。

「もう、絵が描《か》けなくなっちゃうよ」

はあ、と、繭《まゆ》は、おおきな声をだしつづけたためにあがった息を、涙《なみだ》といっしよに吐《は》きだした。息は一瞬《いっしゅん》白くなり、消えた。

蝶子《ちょうこ》さんが、なにも言えずに立ちつくしている。繭《まゆ》とむかいあって。絵が描《か》けなくなる、それがどんなに致命的《ちめいてき》なことだか、蝶子《ちょうこ》さんにはわかるはずだった。繭《まゆ》にだって、わかったのだもの。

それは、心が息をできなくなるっていうことだ。

絵を描《か》かずにはいられない人間にとって、それは。

すう、と息を吸《す》って、蝶子《ちょうこ》さんがふんわり笑《わら》った。その大人《おとな》びた笑顔《えがお》が、繭《まゆ》の心をぐさりと傷《きず》つけた。蝶子《ちょうこ》さんとのあいだに、見えない壁《かべ》が瞬時《しゅんじ》に作りあげられた、そう感じた。

「繭《まゆ》ちゃん、わたしは、むこうでも描《か》くよ……ほら、オーナーが言ってたみたいに、どんな形でも、絵を描《か》く。ほらもう、泣《な》かないで。ごめんね。繭《まゆ》ちゃんのことが妹みたいに思えちゃって、ついつい、弱音《よわね》を吐《は》いちゃった——ああ、やだな、こんなときなのに、新しいハンカチがないや。これ、中学校のときから使ってるの。古いけど、きれいだから」

蝶子《ちょうこ》さんは、上着のポケットからハンカチをだして、繭《まゆ》にわたしてくれた。

「ほら、涙《なみだ》ふいて。じゃあ、ここで。気をつけて帰るんだよ？」

ぽんと、肩《かた》をたたかれる。でもそれは、親しみのこもったものというよりは、気づかわしげな他人のあいさつじみていた。

「いい作品展《さくひんてん》になるといいね」

歩き去る蝶子《ちょうこ》さんの言葉のしっぽが、かすかにふるえた。

くやしさが、繭《まゆ》のなかでのたうっていた。どうして？　どうして、こんなことになってしまうんだろう。だれも、なにも悪くないのに。

街灯《がいとう》の下、蝶子《ちょうこ》さんの貸《か》してくれたハンカチで、目をぬぐった。なんのキャラクターかわからないけれど、目がきょろきょろとしたピンクのうさぎのハンカチだ。ひろげてみると、右下に、名前が書いてあった。太いマジックペンで、おどけた文字で。

『ようこ』

「………」

ようこ。蝶子《ちょうこ》じゃなく。
ようこ——陽子《ようこ》。それは、繭《まゆ》のお母さんと同じ名前だった。

こんなことは、したらいけない。

頭では、ちゃんとそうわかっていた。それでも繭《まゆ》は、どうしても、たしかめないではいられなかった。蝶子《ちょうこ》さんとわかれた、つぎの日——お母さんが仕事にいっている、月曜日の昼間。

まだ帰ってきていない、お母さんの部屋《へや》へはいる。

鏡台《きょうだい》と、洋服だんす。時間のあるとき、お母さんが手作りした毛糸やビーズの小物が、カーテンレールからぶらさがっていたり、たんすの上に飾《かざ》られたりしている。繭《まゆ》が幼稚園《ようちえん》のころにクレヨンで描《か》いた、お母さんの似顔絵《にがおえ》が、額縁《がくぶち》にいれて壁《かべ》にかけられている。

鏡台《きょうだい》の上に、ちいさな時計《とけい》。スノードームも置《お》いてある。

お母さんの部屋《へや》の壁《かべ》に、美術館《びじゅつかん》めぐりのおみやげ品は、飾《かざ》られていなかった。

鏡台《きょうだい》のむかい、背《せ》の高い洋服だんすと壁《かべ》のすきまに、たくさんのスケッチブックがおしこまれていた。繭《まゆ》はひきつれるように息を飲んで、家のなかの気配をたしかめ、そして、指の先まで心臓《しんぞう》を脈打《みゃくう》たせながら、いちばんおおきな、見おぼえのあるスケッチブックへ手をのばした。

家にある絵の技法《ぎほう》の本を、たくさん読んだからわかる。これはほんとうは、スケッチブックじゃなく、クロッキー帳という名前なのだ。見たままに光と影《かげ》と、奥《おく》ゆきと物の形を描《か》く練習をするための。

古ぼけたクロッキー帳の、表紙をめくる。繭《まゆ》は、とてもいけないことをしている。

その絵は、すぐに見つかった。

石膏像《せっこうぞう》や、布《ぬの》の上に配置《はいち》された静物《せいぶつ》のデッサンのなかに、一枚《まい》だけ、人物画があった。長い髪《かみ》、ぎこちない表情《ひょうじょう》、膝《ひざ》に狐《きつね》の剝製《はくせい》を抱《だ》いた女の子――その絵のはしに、サインがあった。

――ｃｈｏｋｏ――

-- choko --

蝶子《ちょうこ》さん。ペンネームだ。お母さんが。繭《まゆ》のお母さんが、蝶子《ちょうこ》さんだった。

でも、どうして？

「どうして」

声にだして、繭《まゆ》は問いかけを宙《ちゅう》に逃《に》がした。

繭《まゆ》のお母さんが蝶子《ちょうこ》さんだった、そのことよりも――どうしてお母さんが、蝶《ちょう》子《こ》さんが、選《えら》びたい道を、つかみたかった未来《みらい》を捨《す》てなければならなかったのか、それが、繭《まゆ》には理解《りかい》できなかった。納得《なっとく》が、いかなかった。

〈日曜日舎《にちようびしゃ》〉の時計《とけい》は、狂《くる》っている……オーナーが言っていたのは、数分の狂《くる》いのことなんかじゃなかった。いまの時間と、昔の時間が、ごっちゃになってしまっていたのだ。あのおかしなギャラリーのなかでだけ。

繭《まゆ》は、四方が黄ばんだデッサンを汚《よご》してしまわないよう、涙《なみだ》をぬぐった。

クロッキー帳を閉《と》じ、きちんともとどおりに直す。

きめたことがあった。

わたす相手がいないと思っていた案内状《あんないじょう》。……それを、お母さんにわたすのだ。未来《みらい》の、蝶子《ちょうこ》さんに。


「ただいまぁ」

勤《つと》め先《さき》の本屋さんから帰ると、お母さんはすばやく、晩《ばん》ごはんのしたくにとりかかった。温かい湯気、炊飯器《すいはんき》が自動で仕事をし、野菜《やさい》を刻《きざ》む音や卵《たまご》を割《わ》る音がにぎやかな台所。

「今日《きょう》は、寒かったからお鍋《なべ》にするね」

リビングで本を読んでいた繭《まゆ》に、笑《わら》いかける。

お母さんのまとう空気が、まえよりすこしだけ、やわらいでいるのを繭《まゆ》は感じる。時間のおかげなのかどうか、わからない。そのお母さんのまとう空気を、また緊張《きんちょう》させるだろうことはわかっていたけれど、繭《まゆ》は本を棚《たな》にもどして台所へゆき、お母さんの背中《せなか》へ声をかけた。

「お母さん。今度の日曜日にね……作品展《さくひんてん》があるの。その日の、夜中までだけ」

野菜《やさい》を洗《あら》うお母さんの手が、ぴたりととまった。いつもなら、手をとめると同時に閉《し》められる蛇口《じゃぐち》が、おおきな音で水を流したままだった。

「それに、わたしも参加《さんか》するんだ。作品をだすの」

だしっぱなしの水の音が、家のなかにひびく。雨音みたいに。お母さんのおどろきが、空気の密度《みつど》をあげている。

繭《まゆ》は湯気といいにおいでみちてゆく台所に立ちつくすお母さんの背中《せなか》を、まっすぐ見つめた。

「……見にきてほしいんだ。もしも、よかったら。これ、招待状《しょうたいじょう》だよ」

テーブルの上に、作品展《さくひんてん》の案内状《あんないじょう》を置《お》く。星空に銀の文字で『〈日曜日舎《にちようびしゃ》〉作《さく》品展《ひんてん》』の、きゃしゃな飾《かざ》り文字。蝶子《ちょうこ》さんが参加《さんか》できなかった、作品展《さくひんてん》。

「きっと、きてね」

しばらく待ったけれど、返事はない。繭《まゆ》は暖《あたた》かな台所に背《せ》をむけて、自分の部《へ》屋《や》へもどった。

案内状《あんないじょう》が、テーブルの上に四角くちいさな、星空を作っていた。

最終《さいしゅう》日曜日

琥珀《こはく》の蝶《ちょう》

十月最後《さいご》の日曜日の朝、空はかすかな霧《きり》のにおいをさせて、晴れていた。
ベッドで目をさまして、繭《まゆ》はおおきくひとつ、息を吸《す》った。起きあがって、床《ゆか》を見る。部屋《へや》の床《ゆか》には、部屋《へや》にあるだけのノート、使っていない便箋《びんせん》、来年までのカレンダー、学校のプリント、とっておいたきれいな包装紙《ほうそうし》……およそ繭《まゆ》の部《へ》屋《や》にあったありとあらゆる紙が裏《うら》がえしになって、散乱《さんらん》していた。そのすべてに、繭《まゆ》は絵を描《か》いていた。もう、スケッチブックがおしまいになってしまったか

ら。

（今日《きょう》、〈日曜日舎《にちようびしゃ》〉で、新しいのを買おう）

この一週間、ずっとそう考えていた。スケッチブックなら、繭《まゆ》のお小遣《こづか》いでだって買えるだろう。

画集から絵を模写《もしゃ》したものも、窓《まど》から見ているポメラニアンを描《か》いたものも、シシリーとレモンを描《か》いたものもある。マグパイのスケッチのような、ほとんどまっ黒のものもある。この一週間、頭のなかから、体の奥から、色と線と形が洪《こう》水《ずい》を起こして、それで繭《まゆ》の部屋《へや》には、ありったけの紙を使った絵のカーペットができてしまった。

そしていよいよ、今日《きょう》の夜が、作品展《さくひんてん》だ。

「……おおきな絵を描《か》くんだ」

繭《まゆ》は、目ざめたばかりの自分の頰《ほお》を、ぐいぐいと手で動かした。その顔はやっぱり、笑《わら》っていない。でも今日《きょう》、繭《まゆ》は、絵を描《か》きにゆく。

お父さんは、もうお仕事。お母さんは——リビングにも台所にも、いなかった。

一階の西はしにある、お母さんの部屋《へや》。その閉《と》じたドアのまえに、繭《まゆ》は足音をしのばせて立った。紙をめくる音がする。きっとお母さんは、昔の自分——蝶《ちょう》子《こ》さんが描《か》いた絵を見ている。

朝ごはんを食べ、食器《しょっき》を洗《あら》って、テーブルの上にメモを残《のこ》すと、繭《まゆ》はだまって家をでた。

『おはよう。ごちそうさまでした。いってきます。〈日曜日舎《にちようびしゃ》〉で待ってます。』

〈ギャラリー・額装《がくそう》・画材《がざい》　日曜日舎《にちようびしゃ》〉

金文字で書かれた飾《かざ》り文字、このガラスのドアのむこうに、今日《きょう》は、蝶子《ちょうこ》さんがいないのだ。繭《まゆ》は、なにかに挑《いど》みかかる気持ちで、縦長《たてなが》の把手《とって》をつかんだ。

ドアベルの音、ココアのにおい。レモンが猫《ねこ》たちのあいだを縫《ぬ》って、するすると繭《まゆ》にむかって駆《か》けてくる。

「おはようございます」

はいると、もう咲乃《さくの》さんもマグパイもいた。

「いよいよねえ」

その言葉で繭《まゆ》にあいさつをかえしながら、咲乃《さくの》さんはちいさなスケッチブックに、色鉛筆《いろえんぴつ》で猫《ねこ》たちの絵を描《か》いている。その手もとは、複雑《ふくざつ》な刺繍《ししゅう》をしているときみたいに、注意深く、一切《いっさい》の狂《くる》いなく、動いていた。

「はやく夜にならないかしら！　待ちきれないわ」

シシリーが、椅子《いす》の上でぴょんぴょんととびはねた。木の椅子《いす》にうしろまえに腰《こし》かけて、だらしないかっこうをしているマグパイが、遊びたくてたまらないゴムまりのようなシシリーに、ひややかな視線《しせん》をむける。

「おい、あんまりぴょんぴょんやると、椅子《いす》から落っこちて、顔にひびがはいっちゃうぜ」

でも、シシリーはおかまいなしだ。マグパイの言葉なんて無視《むし》して、はしばみ色の巻《ま》き毛《げ》をはずませている。

繭《まゆ》は、柱時計《はしらどけい》のまえで雨傘《あまがさ》をさしているオーナーに、声をかけた。

「あの、オーナーさん。わたし、スケッチブックを一冊《さつ》、買いたいんです。透明《とうめい》水彩《すいさい》にあうスケッチブック、教えてください」

オーナーの陰鬱《いんうつ》な顔が、ひゅう、と縦《たて》にのびた。おかしな表情《ひょうじょう》に、繭《まゆ》はぎくっとしたけれど、それは、オーナーの笑顔《えがお》なのかもしれなかった。傘《かさ》をかかげて、オーナーはひょろりとした体をのばし、立ちあがってスケッチブックの立ててある棚《たな》へむかった。

「水彩《すいさい》用スケッチブックには、にじみのだしやすいタイプと、乾燥《かんそう》のはやいタイプがあります。あとは、紙のエンボス加工《かこう》によっても、作品の風合いがかわります。——繭《まゆ》さんのご作品を見るかぎり、こちらの、フラットな紙がよいのではないでしょうか」

オーナーがすすめてくれたのは、深い森を思わせる、こっくりとした緑の表紙のスケッチブックだった。やっぱり、ふつうのノートなら五冊《さつ》は買えてしまうくらいのお値段《ねだん》だったけれど、繭《まゆ》はそのスケッチブックを買った。

これでまた、たくさん絵が描《か》ける。それだけで、繭《まゆ》の心はしっくりとおちついた。

繭《まゆ》が、今日《きょう》はスケッチブックをかかえてきていないのを見て、オーナーは緑のスケッチブックを、袋《ふくろ》にいれないままわたしてくれた。すぐに、描《か》けるように。

「では、今夜の作品展《さくひんてん》にそなえて、午前中はいつものスケッチクラブといたしましょう」

マグパイが椅子《いす》からおり、咲乃《さくの》さんが刺繍《ししゅう》のはいった手さげバッグを持って立ちあがる。繭《まゆ》は、ガラスのドアごしにおもてを見た。……蝶子《ちょうこ》さんは、もうこない。

「残念《ざんねん》ね、繭《まゆ》」

レモンとならんで、繭《まゆ》のそばに立ったのは、シシリーだった。

「あなたと蝶子《ちょうこ》は、まるで姉妹みたいに仲《なか》よしだったのに」

その言葉に、繭《まゆ》は一瞬《いっしゅん》ためらい、でも、すぐにちいさく首をふった。

「大丈夫《だいじょうぶ》。さあ、スケッチルームにいこう」

スケッチルームの外は、今日《きょう》はのどかな庭だった。クッションののった白い籐《とう》のベンチがそこここに置《お》いてあり、いまのほんとうの季節《きせつ》は秋だけれど、ここでは春から夏へ移《うつ》ろうときの、一年でいちばんにぎやかなときの庭。花も、木も、葉っぱも、うれしそうに呼吸《こきゅう》し、蝶々《ちょうちょう》と小鳥とマルハナバチが飛《と》びかっている。

うららかな庭の、思い思いの場所で、スケッチははじまった。蝶子《ちょうこ》さんのいないまま。

繭《まゆ》は、足もとにぴったりとくっついてくるレモンといっしょに、スケッチする場所を探《さが》した。庭には、小鳥のための水浴《みずあ》び場があり、木には巣箱《すばこ》がかかっていた。ちょうど舞台《ぶたい》の背景《はいけい》のようにかがやく陽光だけが庭の外にあって、まわりに建物《たてもの》はひとつもなかった。

「つまんないなあ、こないだの悪天候《あくてんこう》のほうが、よっぽどおもしろいのに」

マグパイが、頭のうしろで手を組んでぼやいている。マグパイの意見はそれとして、繭《まゆ》はスケッチ場所を探《さが》しつづけた。目をあげると、咲乃《さくの》さんもシシリーも、もう描《か》くものをきめて、絵にとりかかっている。

「ねえ繭《まゆ》、むこうへいってみようよ」

マグパイがいっしょにスケッチしようとさそうのは、はじめてのことだった。パレットの一件《けん》があってから、繭《まゆ》はマグパイに対して、もっと警戒《けいかい》していてよかったのだけれど、もうおそかった。

マグパイに手をつかまれたとたん、ひゅう、とどこからか風が吹《ふ》きつけて、繭《まゆ》の髪《たま》をあおった。視界《しかい》がおおわれる。草の葉と白い花びらがいくらか、ちぎれて巻《ま》きあげられたのが、かすかに見えた。

そして――

顔にかかる髪《かみ》の毛《け》をはらい、目をあげると、繭《まゆ》はもう、透《す》きとおった日ざしのなかにはいなかった。

「………」

暗い。やわらかな緑も微風《びふう》にそよぐ花びらも、ここにはない。あの庭のいったいどこに、こんな場所があったのだろう。繭《まゆ》が立っているここは、ごつごつとした黒い岩の、洞窟《どうくつ》だった。レモンがおびえて、繭《まゆ》の足首にしっぽを巻《ま》きつける。数メートルうしろの出口から、たしかに庭の光がさしこんでいる。

「作品展《さくひんてん》は夜なんだしさ。こういう場所でスケッチしておいたほうが、いいと思うんだ」

横に立つマグパイの声が、洞窟《どうくつ》にこだました。そのこだまが、洞窟《どうくつ》の天井《てんじょう》のなにかを揺《ゆ》らす。さやさやと、ごく薄《うす》いガラスのこすれあうようなささやきが、洞《どう》窟《くつ》のなかをひびきわたった。

目をこらし、そして繭《まゆ》は、息を飲んだ。

岩の天井《てんじょう》いっぱいに、びっしりと、翅《はね》を閉《と》じた蝶《ちょう》の群《む》れがとりついている。透《す》きとおった、琥珀色《こはくいろ》の翅《はね》。何千いるかわからない蝶々《ちょうちょう》たちは、おおきな翅《はね》を閉《と》じ、仲間《なかま》といっしょに岩にしがみついて、息を殺《ころ》し、しんぼう強くなにかに耐《た》えている。

繭《まゆ》は声をあげようとして、あやうくこらえた。わずかな空気の揺《ゆ》れが、蝶《ちょう》たちの琥珀色《こはくいろ》の翅《はね》を揺《ゆ》るがし、黒く細い六本の脚《あし》に、ひどい忍耐《にんたい》をしいることになるだろうから……

でもどうして、洞窟《どうくつ》に、蝶《ちょう》の群《む》れがいるんだろう？　コウモリじゃなく。その疑問《ぎもん》を、おそらく繭《まゆ》の左右どちらかの耳のあたりから読みとって、マグパイが先ほどより声を落とし、言った。

「ふさわしい気流がくるまで、蝶《ちょう》たちはここで待ってるのさ。そのときがくれば、大群《たいぐん》で空をわたるんだ」

しゃべりながらマグパイは、すらすらとスケッチをしている。薄《うす》い紙に木炭で。でもきっと描《か》いているのは蝶《ちょう》たちじゃない。洞窟《どうくつ》の岩だ、その暗さだ。

「……マグパイは、なんでいつも、笑《わら》っていられるの？」

たずねると、はじめて、マグパイが目をまるくしてこちらを見た。

「笑《わら》ってる？　いつも？　冗談《じょうだん》だろ」

「ううん。にやにや笑《わら》いだけど、いつだって笑《わら》ってる。シシリーや、咲乃《さくの》さんだって。……わたしは、やっぱり上手《じょうず》に笑《わら》えない」

繭《まゆ》も、さっき買ったばかりのスケッチブックを開いた。蝶《ちょう》の翅《はね》のすじを、精緻《せいち》な器官《きかん》がつまった胴体《どうたい》を、ぴんとのべられた触角《しょっかく》を、スケッチしてゆく。暗いうえに、天井《てんじょう》にとりついた蝶《ちょう》たちは遠くて、じっくりと観察《かんさつ》することができなかった。それでも、繭《まゆ》は鉛筆《えんぴつ》をひたすらに動かした。オーナーが選《えら》んでくれた紙に、繭《まゆ》のあやつる鉛筆《えんぴつ》はぴたりとなじみ、繭《まゆ》の手は、繭《まゆ》が描《か》きたい形をもうすっかり知っていた。

「……マグパイ、あなたは心を盗《ぬす》めるんでしょう？　いままでに、だれかの心を盗《ぬす》んだことはあるの？」

描《か》きつづけながら、声をひそめて、繭《まゆ》はたずねた。マグパイがかすかに鼻を鳴らしたのがわかった。

「ああ、たくさんね。心を持ってると、やっかいだろ。心配したり、怒《おこ》ったり、嫉妬《しっと》したり。だから、盗《ぬす》んでくれとたのむやつだっていたよ。まあ、これは、本のなかの話。でもさ、繭《まゆ》だって、らくちんだと思うけどな。もし心がなければ、笑《わら》えないからって気に病《や》む必要《ひつよう》もないんだ」

「蝶子《ちょうこ》さんは……蝶子《ちょうこ》さんは、たのまなかった？」

するとマグパイが、やっぱりにやりと笑《わら》って、こちらをむいた。背中《せなか》に垂《た》れたマフラーが、かすかに動いたように見えた。

「たのまれなかったし、盗《ぬす》んだって仕方がないよ。蝶子《ちょうこ》さんの心は、もう動くのをやめちゃってたもの」

ざくりと、胸《むね》が割《わ》れた気がした。レモンのつめたい体のふれている足が、感覚《かんかく》を失《うしな》っていく。繭《まゆ》はくちびるを噛《か》みしめて、スケッチをつづけた。

作品展《さくひんてん》で、描《か》くものがきまった。

「……マグパイ。ありがとう。ここにつれてきてくれて」

繭《まゆ》のお礼になにもこたえず、マグパイはさっさと描《か》きおえたまっ黒けのスケッチを、バサッと揺《ゆ》すって空気にいたずらをした。

蝶《ちょう》たちの琥珀色《こはくいろ》の翅《はね》が、マグパイが起こした空気の揺《ゆ》れにあおられて、何匹《なんびき》かがあわてて飛《と》びたった。庭からの光をうけて、はばたく翅《はね》が蜂蜜色《はちみついろ》にきらめく。

あわてふためいた蝶《ちょう》は、はたはたと空中をさまよい、繭《まゆ》の頬《ほお》のすぐそばをうろついたあと、また天井《てんじょう》へもどり、仲間《なかま》たちのあいだへ割《わ》りこんだ。

蝶《ちょう》の翅《はね》が起こす風が、思ったよりもずっと強いことに、繭《まゆ》はいつまでもおどろいていた。

スケッチがおわり、絵の見せあいっこがすんだあと、みんなはもう一度夜に集まる約束《やくそく》をして、それぞれ解散《かいさん》した。六時ごろに集合、ということだったけれど、〈日曜日舎《にちようびしゃ》〉の時計《とけい》は狂《くる》っているので、とオーナーは陰気《いんき》な顔のままで言った。

特大《とくだい》のキャンバス、というのがどこにあるのか、そこになにで描《か》くのか、知らされないままだった。シシリーもマグパイも咲乃《さくの》さんも、たずねようともしないので、なんとなく繭《まゆ》も聞きだせず、そのままお店をでた。

――家には、なんだか帰りづらくて、先週蝶子《ちょうこ》さんとそうしたように、コンビニでお昼ごはんを買い、図書館で本を読み、散歩《さんぽ》をしてまた図書館へもどり、六時を待った。

図書館でマグパイのでてくる本を探《さが》してみたけれど、見つからなかった。司書《ししょ》さんに聞いてみようかとカウンターへむかいかけたとき、目にはいった女の子たちが、繭《まゆ》の足をすくみあがらせた。

同じクラスの、女の子たちだ。通学路が同じで、よくいっしょに下校した……その子たちが、繭《まゆ》に気づいた。髪《かみ》がこんなに長いのだもの、繭《まゆ》はめだつ。話しかけようとして、こちらへ近づいてくる。繭《まゆ》はなりふりかまわず図書館を走りでて、逃《に》げた。

(なんで逃《に》げるの？　友達《ともだち》だったのに……)

いじめられていたのじゃない、あの子たちは繭《まゆ》になにもひどいことなんてしなかった。いきなり逃《に》げたりして、ひどいことをしているのは繭《まゆ》のほうだ。だけど、繭《まゆ》はあの子たちに、いま、ふさわしい言葉を選《えら》び、返事をする自信《じしん》がなかった。

図書館からはなれて公園をぬけ、お母さんが平日勤《つと》めている本屋さんのまえを通りすぎて、脇道《わきみち》へはいった。

あたりは、暗くなりかかっている。作品展《さくひんてん》のことだけを考え、〈日曜《にちよう》日舎《びしゃ》〉をめざして、繭《まゆ》は坂道をのぼった。

星夜の作品展《さくひんてん》

街灯《がいとう》の明かりがともる。吐《は》く息が、白く光った。

〈日曜日舎《にちようびしゃ》〉へふたたびやってきたとき、繭《まゆ》はお店のなかの暖《あたた》かさに、ぺたりと座《すわ》りこんでしまいそうになった。先にきていた咲乃《さくの》さんが、繭《まゆ》にあつあつのココアをさしだしてくれて、繭《まゆ》は舌《した》をやけどしながら、夢中《むちゅう》でそれを飲んだ。

「もうすぐよ。いま、オーナーが最終準備《さいしゅうじゅんび》をしているの。繭《まゆ》ちゃん、ずっと外にいたの？　体がこんなにひえて、かわいそうに」

咲乃《さくの》さんはいつも座《すわ》っている花柄《はながら》のソファに繭《まゆ》を座《すわ》らせ、背中《せなか》をかかえるように手をそえた。レモンが駆《か》け寄《よ》ってきて繭《まゆ》の膝《ひざ》に顔をすり寄《よ》せたけれど、体温のない剥製《はくせい》は、温めてあげられないことをお詫《わ》びするように、耳をうしろへたおした。

オーナーのすがたが、柱時計《はしらどけい》のまえにない。マグパイもいなかった。

「どこで、描《か》くんですか？　スケッチルームで？」

うふふ、と咲乃《さくの》さんが、いたずらっ子の笑《え》みを浮《う》かべた。それと同時に、柱《はしら》時計《どけい》が時刻《じこく》を知らせる音を鳴りひびかせた。六時だ。

「はじまるわよ、はやくいらっしゃい！」

全身の力をこめてドアをおし開けているのは、ちいさな陶器《とうき》の手。外から繭たちを呼《よ》んでいるのは、なんとシシリーだった。ココアですっかり温まった繭《まゆ》は、ソファから腰《こし》を浮《う》かせかけながら、勇《いさ》み立ったシシリーにおどろきの目をむけた。

「ねえ、いったい、どこで描《か》くの？」

ぷっくりとふくらんだ、シシリーの勝気そうな顔が、ますます得意《とくい》げに眉《まゆ》を持ちあげた。

「きて！　くればすぐに、わかるから」

「いきましょ、繭《まゆ》ちゃん。レモンも」

咲乃《さくの》さんが言い、繭《まゆ》は〈日曜日舎《にちようびしゃ》〉の外から、いくつもの猫《ねこ》の鳴き声が聞こえてくることに気がついた。

「やあ、時間ぴったりだったたじゃないか」

街灯《がいとう》だけがともり、ほかのお店はみんなシャッターをおろしている古い商店《しょうてん》街《がい》。〈日曜日舎《にちようびしゃ》〉の目のまえの歩道に猫《ねこ》たちが集まり、そのまんなかに、オーナーとマグパイがならんで立っていた。

「マグパイくん、絵の具の配合、ありがとうございます。手伝《てつだ》ってもらえてたすかりました」

雨傘《あまがさ》をさしたまま、オーナーがマグパイを見おろした。雨はもちろん降《ふ》っていなくて、空には、星がとほうもない遠近法《えんきんほう》を、ここからではわからないほどの高みで展開《てんかい》している。

「ほら、これで描《か》くんだよ」

マグパイがかかえているのは、ブリキのバケツ。そのなかに、さまざまな長さ、太さの絵筆がつき立っている。バケツにはどうやら絵の具がはいっているらしく、揺《ゆ》れるとたぷんと音がした。

「みなさん、作品展《さくひんてん》をはじめます。好《す》きな絵筆をお選《えら》びください」

オーナーが、雨傘《あまがさ》で真上をさししめした。

「キャンバスは、あそこ。——夜空です」

すてき、と歓声《かんせい》をあげたのはシシリーで、繭《まゆ》はぽかんと、口を開けているばかりだった。特大《とくだい》のキャンバス。たしかに、オーナーはそう言っていたけれど……

オーナーが、マグパイの持っているバケツから、細長い絵筆を一本ぬきとり、上へむけてすいっと動かした。バケツのなかには、水のようになめらかな、銀色の絵の具がみたされている。

みんなは、オーナーの動かした筆先、そのもっと上を見あげなければならなかった。

「まあ、そういうこと」

咲乃《さくの》さんの声には、楽しげなひびきがありありとふくまれている。

すいとはこばれたひと筆、それが、寒さがひきしまってゆく夜空に、たしかに筆あとを残《のこ》している。星たちの遠近法《えんきんほう》の手まえ、黒と呼《よ》ぶにはかがやかしい奥《おく》ゆきを持った紺色《こんいろ》の夜空に、きらきらと銀の線。それは、やわらかめの鉛筆《えんぴつ》で軽く描《か》いたみたいに、おだやかなかすれをふくんでいた。

あそこに、描《か》くのだ。作品展《さくひんてん》の絵、みんなの即興《そっきょう》の絵を。

葉を落としたイチョウの枝《えだ》のむこう、古い商店街《しょうてんがい》の屋根の上。これまでスケッチと模写《もしゃ》をつづけてきた画用紙とはちがう、頭上のキャンバス。

繭《まゆ》の背《せ》すじを、ふるえがひとつ駆《か》けあがっていった。

シシリーが、太めの絵筆を選《えら》びとって、〈日曜日舎《にちようびしゃ》〉の外にだされていたお気にいりの椅子《いす》によじのぼる。そしてためらわずに、ありったけ腕《うで》をのばした。

「描《か》きましょう、繭《まゆ》ちゃん」

咲乃《さくの》さんにうながされて、繭《まゆ》も絵筆を選《えら》んだ。いつも使う絵筆と、なるべく同じおおきさのものを選《えら》んだ。絵の具は、銀色の一色だけだ。

「……あの、あんなところに描《か》いて、ほかの人は、びっくりしない？」

ほとんどひとりごとの繭《まゆ》の声に、こたえたのはマグパイだった。

「見たくない人には、見えないいさ。人っていうのは、自分が見たいと思うものだけを見るようにできてるんだから」

ほんとうだろうか、おおさわぎになったりしないだろうか。繭《まゆ》は銀色に光る絵の具にひたされた筆先を、じっと見つめた。蝶子《ちょうこ》さんの言ったとおり、魔法《まほう》みたいだ。この筆先が、夜空へ絵を伝《つた》えてくれる——だけど、紙にじかに描《か》くのとは、きっとぜんぜんちがうだろう。うまく、描《か》けるだろうか。

けれど、シシリーはしりごみなんてしなかった。もう、夜空の一画に、ありったけの花と輪郭《りんかく》をとけあわせた少女像《ぞう》を描《か》いている。咲乃《さくの》さんも、手はじめにいろんな種類《しゅるい》の花を、そしてたくさんの猫《ねこ》を、写実的《しゃじつてき》に描《か》いてゆく。星空へ、いつもとはちがう絵の具で。それでも、ふたりの絵は、いつもの持ち味をすこしも失《うしな》ってはいなかった。シシリーの絵は勇猛《ゆうもう》に。咲乃《さくの》さんの絵は緻密《ちみつ》に。それぞれが、静《しず》かに夜空をにぎわわせてゆく。

お母さんは、見にきてくれるだろうか。吐《は》く息は、もうはっきりと白い。

(でも、描《か》くものはもう、きまってるんだ)

繭《まゆ》は意をけっして、顔をあげた。腕《うで》をのばして、絵筆をかまえる。

奥《おく》ゆきと形、つらなりつづけ、けっしてとだえることのない絵画の群《む》れ。どこまでもつづく、世界と魂《たましい》のふれあった一瞬《いっしゅん》の、そのあかしの行列。繭《まゆ》はたくさんの絵を見てきた。そして手が痛《いた》くなるまで、それをスケッチブックに描《か》きうつした。

腕《うで》をのばし、星空へ筆を走らせる。銀色の絵の具にひたされたそれは、透明水《とうめいすい》彩《さい》をふくませた絵筆とおなじに、繭《まゆ》の手から、線を、流れを、にじみを、空のキャンバスに伝《つた》えてゆく。

シシリーが、つぎの絵にとりかかっている。絵筆を持ちかえ、森からさまよいでた一角獣《いっかくじゅう》を、まるでほんとうに見たことがあるかのように、まえの絵と複雑《ふくざつ》につなげながら。咲乃《さくの》さんの絵はどんどんその数をふやし、花と猫《ねこ》と、ティーカップの湯気、そこからこぼれでたちいさな踊《おど》り子《こ》が、べつの踊《おど》り子《こ》と手をとり、どんどん手をつないで、生き生きとしたバレエを猫《ねこ》たちとおどりはじめた。

とどまって動くはずのない絵たちが、星空の呼吸《こきゅう》に巻《ま》きこまれ、音もなくおどっている。けれど、それが絵の調和を乱《みだ》すことはない。風の流れ、星の息吹《いぶき》にさそわれて、絵たちは揺《ゆ》らぎ、動き、またもとの場所へもどり、銀色の光をまきちらしてゆく。星座《せいざ》のように、宇宙《うちゅう》に縫《ぬ》いとめられてしまうことはない。

繭《まゆ》が描《か》いたのは、蝶《ちょう》だった。遠くをめざし、群《む》れをなしてはばたいてゆく無数《むすう》の蝶《ちょう》。

翅《はね》の動きとその角度。ひとつひとつはちいさな翅の起こす、空気のうねり。無《む》限《げん》に増殖《ぞうしょく》しながら、やがてふたてにわかれてはるかな場所をめざす、蝶《ちょう》の道。

繭《まゆ》の、中身。それがなんなのか、繭《まゆ》にはわからない。ひょっとしたら、ほんとうにからっぽなのかもしれない。だけどそのからっぽのなかを、絵が通過《つうか》してゆく。繭《まゆ》を通じて、絵が夜空へ生まれてゆく。――それなら、中身がなんであれ、なにひとつこわがる必要《ひつよう》なんて、なかった。

咲乃《さくの》さんの踊《おど》り子《こ》のひとりが、シシリーの一角獣《いっかくじゅう》に優雅《ゆうが》なおじぎをしている。シシリーはしなやかな一匹《ぴき》の狐《きつね》にうさぎを追わせ、咲乃《さくの》さんの猫《ねこ》たちの上を飛《と》び

こえさせた。空気が澄《す》んで、星がさかんに呼吸《こきゅう》をする夜空に、どんどん絵が生まれてゆく。マグパイは、ずっと絵筆のバケツをかかえたっきりで、ひとつも描《か》こうとしなかった。オーナーといっしょに、繭《まゆ》たち三人が絵でうめつくしてゆく夜空のキャンバスを、どこか憧《あこが》れをこめて見あげている。

絵の具は銀の一色だけれど、まばたきに、呼吸《こきゅう》に、風の揺《ゆ》らぎにあわせて、淡《あわ》く深く、絵のなかに色彩《しきさい》がはらまれる。それは星のまたたくのといっしょに、あらゆる色に移《うつ》ろい、あるいは消えて、ひとときたりともとどまってはいない。

「……繭《まゆ》ちゃん」

声がしたのは、繭《まゆ》がふたてにわかれた蝶《ちょう》の道で、ほとんど空を縦断《じゅうだん》しかかったときだった。

「おや、蝶子《ちょうこ》さん。作品展《さくひんてん》に、きてくださったのですね」

オーナーが、まったくいつもの調子で、ひょいと雨傘《あまがさ》を持ちあげる。息をはずませ、知らない世界へ迷《まよ》いこんで立ちつくしているのは、ふんわりとしたショートカットに、長いスカートの女の人。高校生の蝶子《ちょうこ》さんではなく、大人《おとな》の陽子《ようこ》さん――繭《まゆ》のお母さんだったのに。

「やれやれ、やはり時計《とけい》が、少々狂《くる》っていますねえ」

でも、ちっともこまっているふうではなく、オーナーはすこし首をかしげた。

繭《まゆ》は一瞬《いっしゅん》、手をとめ、おどろきはててそこに立っているお母さんを見た。なくしたパレットを探《さが》しに〈日曜日舎《にちようびしゃ》〉をおとずれたときの、シシリーやレモンと同じ、すっかり魔法《まほう》を剝奪《はくだつ》された顔。だけど、おびえながらも、ずっと繭《まゆ》を見つめてくれた顔。

繭《まゆ》はまた、描《か》きはじめた。蝶《ちょう》の道、それが生みだす気流に、星々が巻《ま》きこまれてゆくのを。雲が、風が、蝶《ちょう》の群《む》れを見送るのを。きてくれた。お母さんが、大人《おとな》になった蝶子《ちょうこ》さんが。知らないうちに、繭《まゆ》は涙《なみだ》を流してしまっていた。泣《な》きながら、目を見開いて、描《か》きつづけた。ちゃんと繭《まゆ》を通して、ただしい線があるべき場所へ生みだされてゆくように。

「蝶子《ちょうこ》も描《か》きなさいよ！」

シシリーが声をはずませる。蝶子《ちょうこ》さん――繭《まゆ》のお母さんに、スケッチクラブへきていたころから、長い年月がたっていることを、だれも気にとめなどしなかった。

おどろきはてていたお母さんの顔が、笑《わら》った。笑《わら》いながら、目のはしから涙《なみだ》をこぼした。マグパイがうやうやしくさしだすバケツから、お母さんは、絵筆を一本選《えら》びとる。繭《まゆ》たちの描《か》いた絵の群《む》れに見とれ、ずいぶんとためらってから、お母さんは、絵筆をさしのべて、ごくひかえめに星を描《か》いた。夜空のほんものの星と、見わけがつかないほどのちいさな星。ひとつだけ描《か》いて、お母さんはそろそろと、絵筆をおろした。

「すごいね……わたしには、もう、こんなに描《か》けないや」

その口調は、蝶子《ちょうこ》さんにもどっていた。絵を描《か》くための器官《きかん》に支配《しはい》された繭《まゆ》の体に、その声はほとんどとどかない。繭《まゆ》はひたすらに描《か》きつづけた。シシリーも、咲乃《さくの》さんも。夜空いっぱいの特大《とくだい》のキャンバスも、もうすぐ余白《よはく》を失《うしな》ってしまう。

ありったけの絵が星といっしょに息づき、そのほぼ中央を、繭《まゆ》の蝶《ちょう》の道がうねりながらつらぬいていた。

シシリー、咲乃《さくの》さん、繭《まゆ》が、合奏《がっそう》の終了《しゅうりょう》と同じくしぜんに筆をおろすと、オーナーが満足《まんぞく》そうに告《つ》げた。

「作品展《さくひんてん》の、完成《かんせい》です」

三人の絵が、複雑《ふくざつ》に影響《えいきょう》しあいながら、夜空をくまなくいろどっている。絵の具ははるか空中に光って、かすかにまたたきながらそこにとどまりつづけていた。

お母さんが、マグパイに絵筆をかえし、レモンのあごを心をこめてなでた。レモンは青い目を細め、親しみをこめてお母さんの手に頭をこすりつける。

繭《まゆ》の息は、はずんでいた。こんなに描《か》いた。髪《かみ》の毛《け》が、微風《びふう》にふわりとなびく。体のなかを、蝶《ちょう》の群《む》れが通過《つうか》していき、そのはばたきの余韻《よいん》が頭をくらくらさせていた。

「……繭《まゆ》ちゃん」

繭《まゆ》のそばに立ち、お母さんが呼《よ》んだ。光の絵でうめつくされた、寒い夜空を見あげて。

「すごいね。いつのまに、こんなに絵が上手《じょうず》になってたの」

はずむ息のせいで、返事ができない。お母さん——蝶子《ちょうこ》さんがたったひとつだけ描《か》いたちっぽけな星が、シシリーや咲乃《さくの》さんの絵とまじりあって、ぽつんとともっていた。

「……ご無沙汰《ぶさた》、してました。オーナー、ごめんなさい。わたし、約束《やくそく》をはたせなかった。どんな形でも描《か》きつづける、そう思っていたけれど、できませんでした」

オーナーはただ静《しず》かにうなずき、ほかのみんなは、繭《まゆ》のほうへむきなおるお母さんを、だまって見守っている。

「繭《まゆ》ちゃん、あのね。繭《まゆ》ちゃんが生まれてから、何年か……お母さんね、時間がまったくわからなくなってしまったの。いまが夜なのか、昼なのか、今日《きょう》が何曜日なのか。いまがいつで、何曜日なのか、わかるようになったのは、繭《まゆ》ちゃんが幼稚園《ようちえん》にはいってしばらくたってからで。——〈日曜日舎《にちようびしゃ》〉のこと、スケッチクラブのこと、ほとんどおぼえていないの。きっと時計《とけい》が……」

そう、〈日曜日舎《にちようびしゃ》〉の時計《とけい》は、すこしばかり狂《くる》っている。

お母さんは、絵の酔《よ》いからさめきらない繭《まゆ》に、ぽつぽつと話した。

「ごめんね。ずっとずっと、こわかったの。生まれてきた繭《まゆ》ちゃんを、ちゃんと育てられるのか。わたしがお母さんでいいのか。……まだちいさい繭《まゆ》ちゃんとふたりで、おうちのなかにいるか、お散歩《さんぽ》をするか。それだけで一日一日がすぎていって、もちろん繭《まゆ》ちゃんはそのあいだにも、すくすく育ちつづけていたんだけれど、思ったの。……ああきっと、繭《まゆ》ちゃんとふたりで、日曜日の王国へきてしまったんだって。あったかくて、心細くて、とんでもなく幸せでおそろしい――おわらない日曜日に、繭《まゆ》ちゃんとふたりきりで、いま住んでいるんだ、って」

繭《まゆ》がおぼえていない、何年もの日々。そこにはきっと、日曜日の日がさしていただろう。とろとろとおぼつかない、甘《あま》やかでかすかな不安《ふあん》をはらんだ、暖《あたた》かな日ざしが。

もしもその日々が、お母さんから、蝶子《ちょうこ》さんから魔法《まほう》を奪《うば》っていったのだとしても――とりかえしのつかないその日々は、日曜日の日ざしであふれていた。

二本にわかれ、それぞれの道をはばたいてゆく蝶《ちょう》の群《む》れ。

「繭《まゆ》ちゃん。繭《まゆ》ちゃんとお母さんは、べつべつの生き物ね」

繭《まゆ》は、やっと自分の呼吸《こきゅう》にもどり、作品展《さくひんてん》に見いっているお母さんを見あげる。

「うん」

うなずくと、長すぎる髪《かみ》が翼《つばさ》のようにはためいた。それは一瞬《いっしゅん》、さなぎの背《せ》を割《わ》った、蝶《ちょう》の翅《はね》のようだった。

「でも、いっしょに生きてる」

手をさしのべた。お母さんは、ちゃんとこちらをむいて、繭《まゆ》と手をつないでくれた。

「うん。繭《まゆ》が大人《おとな》になるまで。いっしょに生きよう」

オーナーが、感慨深《かんがいぶか》そうにため息をついた。

「すばらしい作品展《さくひんてん》となりました。みなさん、ありがとうございました。これにて、〈日曜日舎《にちようびしゃ》〉は幕閉《まくと》じとなります」

そうして深々とおじぎをし、雨傘《あまがさ》を閉《と》じた。――一瞬《いっしゅん》のできごとだった。傘《かさ》が閉《と》じられると同時に、オーナーのすがたが、かき消えていた。

すう、と、絵の具のかがやきが静《しず》まり、夜の闇《やみ》が濃《こ》くなる。街灯《がいとう》の明かりまで、それに同調して色を沈《しず》める。みんなの顔が、見えなくなった。

静《しず》まりかえり、それでも夜空いっぱいの絵は、そこに燦然《さんぜん》とありつづけていた。

真夜中まで。

羽化《うか》

作品展《さくひんてん》がおわったあとの、月曜日――

小学生の登校時間をやりすごして、繭《まゆ》は坂道を駆《か》けのぼっていた。ランドセル

もせおわず、学校と反対方向へむかう繭《まゆ》は、きっと人に見つかれば、いぶかしく思われるだろうけれど、かまわなかった。

三匹《びき》のポメラニアンが、むこうからやってくる。

「おはようございます！」

すれちがいざま、繭《まゆ》は犬たちをつれたおばさんに、今度はちゃんとあいさつをした。すこし声がおおきすぎたかなと思ったけれど、そのまま走りつづけた。

金色に日ざしをやわらげていたイチョウの葉が、もうあらかた地面に落ちてしまっている。

家から古い商店街《しょうてんがい》まで、ずっと走ってきた繭《まゆ》の息は、すっかりあがっていた。足が、傷《いた》んだ舗装《ほそう》につまずきかける。なんとかバランスを持ち直して、坂の上へ、〈日曜日舎《にちようびしゃ》〉へ急いだ。

「………」

そこには、金色の古めかしい飾《かざ》り文字と、にぎやかな音をたてるベルのついたガラスのドアが、あるはずなのだった。

けれど、魔法《まほう》はとけたあとだった。

シャッターがおりている。目のまえに建《た》つ、その埃《ほこり》と雨風にさらされた古い建《たて》物《もの》は、たしかにゆうべまで、生きて、絵の具とココアのにおいをなかにはらんでいたはずだったのに。

閉《と》ざされたシャッターに、ふれてみる。ねずみ色のぶ厚《あつ》い埃《ほこり》が、繭《まゆ》の指を汚《よご》した。

入り口のドアにもギャラリーのおおきなショーウィンドウにもシャッターがおろされ、三角にせりだした小窓《こまど》には、なかからカーテンがひかれている。カーテンはすっかり色あせ、三角の出窓《でまど》に飾《かざ》られていたはずの鉢植《はちう》えやピエロの人形、スケッチブックもパレットも、もうなくなっていた。——ううん、ちがう。それらは、もうとっくに、なかったのだ。

シシリーや、マグパイや、レモンや、咲乃《さくの》さん。それに、オーナー。日曜日だけを生きていた、あの人たちにも、もう会えない。

繭《まゆ》はぼうぜんとして、うんと昔に息をとめた〈日曜日舎《にちようびしゃ》〉を見あげていた。

「いい作品展《さくひんてん》だったわね」

こちらへ歩いてくる人に、繭《まゆ》ははっと息を飲んでふりむいた。近づいてくる足もとを、数匹《すうひき》の猫《ねこ》がしなやかにとり巻《ま》いている。

「咲乃《さくの》さん……」

レース編《あ》みのヘアバンドで白髪《しらが》をまとめた咲乃《さくの》さんが、猫《ねこ》たちといっしょに坂をのぼってくる。

「やれやれ、この坂をのぼるのも、きつくなったわねえ」

やわらかなしわをならべた咲乃《さくの》さんの顔は、でも、うれしそうに頬笑《ほおえ》んでいる。

「咲乃《さくの》さん、お店が――〈日曜日舎《にちようびしゃ》〉が、もうないの」

ちいさな子が、すがりつくみたいな声になってしまった。咲乃《さくの》さんは、ちっとも動じずに、うなずく。

「ここはね、じつは、わたしと主人がやっていたお店なんです」

古びた建物《たてもの》が、気持ちよさそうに朝日を浴《あ》びているのを、咲乃《さくの》さんが見あげた。

「えっ？」

繭《まゆ》が目をまるくすると、咲乃《さくの》さんはいたずらが大成功《だいせいこう》した子どもみたいに、くつくつと笑《わら》った。

「スケッチクラブのあいだ、オーナーを務《つと》めていたのはね、仲《なか》のよかった猫《ねこ》なのよ。白黒模様《もよう》の、ちいさな雄猫《おすねこ》――繭《まゆ》ちゃん、あなたに、ご恩《おん》があったようなの。お墓《はか》を作ってもらったのだって」

白黒模様《もよう》の、猫《ねこ》……道で死んでいたのを、繭《まゆ》がお母さんといっしょに拾った、あの猫《ねこ》のこと？　庭に、お墓《はか》のある、あの猫《ねこ》。あれが、〈日曜日舎《にちようびしゃ》〉のオーナーに、

「……化けてたんですか？」

咲乃《さくの》さんのまわりの猫《ねこ》たちが、ぐるぐるとのどを鳴らした。

咲乃《さくの》さんが、繭《まゆ》の顔をまっすぐに見つめる。

「繭《まゆ》ちゃん、だれでも、生きていくのがむずかしくなるときがあるものですよ。

あなたも、あなたのお母さんも、ほかの人たちも、みんな。でもね、そんなときには、不思議《ふしぎ》と、そっとたすけてくれる力が、はたらくみたい。今回は、わたしと主人のお店がその役割《やくわり》をはたしたのね。主人は亡《な》くなるまえに、一度おおきな作品展《さくひんてん》を開きたがっていたから、その夢《ゆめ》もあなたたちのおかげで叶《かな》ったわ」

咲乃《さくの》さんはそうして、あの野の花の刺繍《ししゅう》の手さげバッグから、きれいな紙包《かみづつ》みをとりだした。

「これは、繭《まゆ》ちゃんに。スケッチに便利《べんり》な、携帯《けいたい》用のパレットよ。きっとこれからずっと、あなたの役に立つだろうと思って」

咲乃《さくの》さんにわたされた包《つつ》みは、てのひらにおさまるほどちいさいけれど、たしかな重みがあった。ほとんどなにも言えずに、その贈《おく》り物《もの》をうけとってから、繭《まゆ》はあわてて顔をあげた。

「咲乃《さくの》さん、シシリーは？　マグパイやレモンは、どうなっちゃうんですか？」

するとこ、咲乃《さくの》さんがまたうなずいた。

「こっちにいらっしゃい」

〈日曜日舎《にちようびしゃ》〉と、となりの建物《たてもの》のあいだをぬける。裏口《うらぐち》の鍵《かぎ》は、咲乃《さくの》さんのバッグにはいっていた。

……裏口《うらぐち》を開けても、ココアのにおいはしない。だけど、絵の具の溶《と》き油のにおいだけは、建物《たてもの》じゅうに染《し》みついていて、まだそこにあった。

なかは暗い。三角の出窓《でまど》におろされた巻《ま》きあげ式のカーテンを、咲乃《さくの》さんが開けると、光が彫刻《ちょうこく》のようにお店のなかへさしこんできた。

照《て》らされた室内には、画材《がざい》のたぐいはひとつも残《のこ》っていなかった。棚《たな》はがらんとして、柱時計《はしらどけい》はとまっている。

「……この子たちをねえ。主人といっしょにこのギャラリーを開いたときから、ずっとここにいた子たちだから、店をたたんだからといって、よそへやってしまうのに、ふんぎりがつかなくて」

椅子《いす》の上と、椅子《いす》の下。埃《ほこり》よけの透明《とうめい》なビニルをかけられた、シシリーとレモンがいた。

「舶来物《はくらいもの》のこの子たちに、主人はいたく惚《ほ》れこんでね。絵のモチーフにもってこいだし、お店のお守りにしよう、って。目がとびでるほどのお値段《ねだん》で、まだ若《わか》かったわたしたちには、とても買えるようなものじゃなかったのよ。お店が軌道《きどう》に乗ってからにしようとわたしが言うのに、主人は聞かなくって。……時代が移《うつ》って、ここを閉《と》じると同時に、主人も先にいってしまって。ほんとうはこの子たちにも新しい居場所《いばしょ》をあげなきゃならなかったのだけど、この子たちが消えてしまうのが、さびしくてたまらなくて。ときどきここにやってきては、この子たちをながめながら、ココアを飲んでたんですよ。シシリーとレモン」

猫《ねこ》たちが、思い思いの場所へ歩いてゆく。スケッチクラブのときのように。

「そして、マグパイはほら、この子」

咲乃《さくの》さんが、レジのうしろの棚《たな》から、一冊《さつ》の本を持ちだしてきた。

「この本も、絵のモチーフとして、ずいぶん活躍《かつやく》したのよ」

わたされて、繭《まゆ》はその本を手にとった。ずっしりと重い。しゃれた装丁《そうてい》の、とても古い本だった。タイトルも作者の名前も、外国語で書かれている。

「『王の心を盗《ぬす》んだマグパイ』。マグパイは、その本の主人公。百年以上《いじょう》もまえに

書かれた本だし、日本では翻訳《ほんやく》されなかったみたいだから、その物語を知っている人は、もうほとんどいないでしょう」

「それで、だったの？　シシリーが言ってた、マグパイのことを読む子どもなんていない、って」

するとと咲乃《さくの》さんが、いたずらっぽく上目づかいに繭《まゆ》を見た。

「その本も、繭《まゆ》ちゃんにあげましょうね」

「えっ？」

繭《まゆ》がびっくりするのと反対に、咲乃《さくの》さんはどこかさっぱりとした表情《ひょうじょう》で、猫《ねこ》たちのうろつきまわる、もう眠《ねむ》りについた〈日曜日舎《にちようびしゃ》〉のなかを見まわした。

「マグパイは、それを望《のぞ》んでいると思うわ。しょっちゅう繭《まゆ》ちゃんにちょっかいをだしていたもの、きっと繭《まゆ》ちゃんのことが気にいっていたんでしょう。——繭《まゆ》ちゃんのおかげで、ここはもう一度息を吹《ふ》きかえして、念願《ねんがん》の作品展《さくひんてん》を開くことができた。シシリーとレモンはね、高校の美術部《びじゅつぶ》へ寄贈《きぞう》しようと思っているの。たくさんの人にモデルにしてもらえたら、きっとこの子たちもよろこぶでしょう」

「で、でも咲乃《さくの》さん、わたし、この字、読めません」

するとと咲乃《さくの》さんは近づいてきて、繭《まゆ》がためらいながら持っている本の表紙を、指先でつついた。

「勉強すればいいのよ、これから。そうすれば、あのさびしがり屋のいたずらっ子の物語を、最後《さいご》まで読めるようになる」

繭《まゆ》の胸《むね》のなかに、なにかのつぼみが芽吹《めぶ》いた。胸《むね》の奥《おく》のまっ暗闇《くらやみ》に、ぽつりとちいさな明かりがともった。ちいさいけれど、温かい、ううん、熱《あつ》いくらいのつぼみが。

「あ……ありがとうございます！」

繭《まゆ》がいきおいよく頭をさげると、髪《かみ》の毛《け》が、カーテンみたいに揺《ゆ》れた。気にいっているけれど、この髪《かみ》の毛《け》、絵を描《か》いたり勉強をするのには、邪魔《じゃま》になってしまうかもしれないと、繭《まゆ》は頭の片《かた》すみで思った。編《あ》んで結《ゆ》いあげるか、いっそ切ってしまおうか。

心臓《しんぞう》のなかにまで、血管《けっかん》のすみずみにまで、いままで感じたことのない潮流《ちょうりゅう》がめぐり、頬《ほお》を上気させた。

目のまえに、とつぜん扉《とびら》が開いたみたいだ。扉《とびら》のむこうには、繭《まゆ》がこれからしてみたいことが、見つけてもらうのをもうずっとまえから待っていた。宝物《たからもの》のように、扉《とびら》の奥《おく》にならんでいた。ぜんぶできるかはわからない、上手《じょうず》にできるのかどうかも。それでも繭《まゆ》は、こわくはなかった。

猫《ねこ》たちをまとわりつかせた咲乃《さくの》さんが、満足《まんぞく》げに、ゆっくりとうなずいてくれた。

「ただいま！」

家まで、繭《まゆ》は走って帰った。息があがって、肺《はい》のなかまでつめたい。

「おう、繭《まゆ》おかえり」

リビングでむかえてくれたのは、お父さんだった。繭《まゆ》は、目をまるくする。

「お父さん？　なんでいるの？」

今日《きょう》は、月曜日なのに。するとお父さんは、眼鏡《めがね》を持ちあげながら、はは、と苦笑《にがわら》いした。

「『なんでいるの』は、ないだろう？　今日《きょう》こそ休みをとろうと思って、この一週間、記録的《きろくてき》なはやさで仕事してきたんだぞ」

「繭《まゆ》ちゃん、おかえり」

台所から、ビーズの暖簾《のれん》をくぐってお母さんがでてきた。手に、ぶ厚《あつ》い紙のたばを持っている。新聞のチラシ……では、なかった。

「繭《まゆ》ちゃん、びっくりさせたらいけないと思って、話すのをあとまわしにしちゃってたんだけど。きっと、もう大丈夫《だいじょうぶ》だと思うから、言うわね。――これね、こないだの日曜日に、お父さんと見学にいってきたの。休日だったから、くわしいようすまではわからなかったんだけど……」

リビングのテーブルの上に、お母さんが、きれいに印刷《いんさつ》された紙をならべてゆく。

「フリースクールの、資料《しりょう》。小学生から通えるところも、すこし遠いけど、いくつかあるみたい。そこでね、絵を描《か》いたり、畑仕事をして、あと動物もいるんだって。もちろん、勉強もできて……だけど、また学校にもどろうっていう方針《ほうしん》じゃないフリースクールをね、お父さんとふたりで、探《さが》してきたの」

「……」

繭《まゆ》の表情《ひょうじょう》を、お父さんとお母さんが注意深く見守っている。繭《まゆ》は、窓《まど》からさしている日の光が、やわらかく暖《あたた》かく、きらきらと、かすかな不安《ふあん》をはらんで、とてもおだやかなことにうっとりしていた。今日《きょう》は日曜日じゃなく、月曜日なのに。

「……ごめんなさい」

涙《なみだ》が、ぼろっとこぼれた。こんなに顔をくしゃくしゃにして泣《な》いたのは、たぶん、小学二年生のときが最後《さいご》だ。おばあちゃんのお葬式《そうしき》のとき以来《いらい》。咲乃《さくの》さんにもらったパレットと本を持って、立ったままぼろぼろと泣《な》く繭《まゆ》を、お父さんもお母さんも、けっしてあわてないで見守っていた。

「お父さんお母さん、ごめんなさい。学校に、わたし、いけない。たすけて……

たすけて、ほしかった。さびしかった。ごめんなさい、ごめんなさい」

お母さんが、すんと鼻をすする音が聞こえ、お父さんの手が、繭《まゆ》の頭にのせられた。

「ごめんな、お父さんの会社の問題、きっともうすぐ片《かた》づくから。さびしい思いさせてて、ごめんな。繭《まゆ》やお母さんをささえられてなかった。ごめんな」

繭《まゆ》の頭をなでる手つきは、どこか遠慮《えんりょ》がちだった。もう、ちいさいときみたいに、くしゃくしゃになでまわしたりしない。だいじなものをあつかう手つきで、お父さんは、繭《まゆ》の髪《かみ》の毛《け》をなでた。

「……なあ、繭《まゆ》さえいやじゃなかったら、いまからフリースクールを見にいってみないか。ドライブがてら。帰りに、アイスでも食べてさ」

お父さんの提案《ていあん》に、繭《まゆ》はすなおにうなずいた。涙《なみだ》をふいて、顔をあげた。繭《まゆ》には、これから勉強したいことが、たくさん見つかったのだ。

「……お願《ねが》いがあるの。帰りに、美術館《びじゅつかん》にいきたい」

お母さんが、子どもみたいに手の甲《こう》で涙《なみだ》をふいて、何度も何度もうなずいた。

「うん、いこう、繭《まゆ》ちゃん。さあ、それじゃあ、でかける準備《じゅんび》しなくっちゃ」

お父さんは部屋着《へやぎ》を着がえにいき、お母さんは顔を洗《あら》って必要《ひつよう》なものをかばんにつめた。繭《まゆ》は、蝶子《ちょうこ》さんたちに作ってもらったパレットと、咲乃《さくの》さんからプレゼントされたパレット、それにマグパイの本を、みんなリュックにいれた。

（いっしょにいこうね）

車に乗りこみ、お父さんがエンジンをかける。カーナビは、もう目的地《もくてきち》にあわせてあった。

秋がじわじわと枯《か》れてゆくけれど、日ざしは金色にやわらかい。後部座席《ざせき》で、だいじなもののつまったリュックを抱《だ》いた繭《まゆ》は、その日ざしを胸《むね》いっぱいに吸《す》いこんだ。

〈日曜日舎《にちようびしゃ》〉へむかう坂道のそれと同じ日ざしが、繭《まゆ》の胸《むね》を温め、その奥《おく》に芽吹《めぶ》いたものを育てようと、光をからめてきた。

繭《まゆ》のさしのべる望《のぞ》みに、こたえるように。

〈作〉
日向理恵子（ひなた りえこ）
1984年、兵庫県生まれ。兵庫県在住。主な作品に『雨ふる本屋』『雨ふる本屋の雨ふらし』『雨ふる本屋とうずまき天気』『魔法の庭へ』（以上、童心社）、「すすめ！ 図書くらぶ」シリーズ（岩崎書店）などがある。日本児童文学者協会会員。

〈絵〉
サクマメイ
イラストレーター。『犬とまほうの人さし指！』（あかね書房）、『メリンダハウスは魔法がいっぱい』（WAVE出版）ほか、一般書籍、キャラクターデザイン、ゲームイラストなど多数。

日曜日の王国

2018年3月27日　第1版第1刷発行

作　日向理恵子
絵　サクマメイ
発行者　瀬津要
発行所　株式会社ＰＨＰ研究所
東京本部　〒135-8137　江東区豊洲5-6-52
児童書出版部　☎03-3520-9635（編集）
児童書普及部　☎03-3520-9634（販売）
京都本部　〒601-8411　京都市南区西九条北ノ内町11
PHP INTERFACE　https://www.php.co.jp/
制作協力
組版　株式会社PHPエディターズ・グループ
印刷所
製本所　凸版印刷株式会社

ISBN978-4-569-78752-7

NDC913　215P　20cm